Amadeo Licántropo

Edad
Hace 356 años le mordió un licántropo y se convirtió en uno de ellos.
Peculiaridades
Come siempre escalope con ketchup.
Le disgusta
Los cazadores que disparan balas de plata y los dentistas
Le gusta
La música rock y las motos de gran cilindrada.

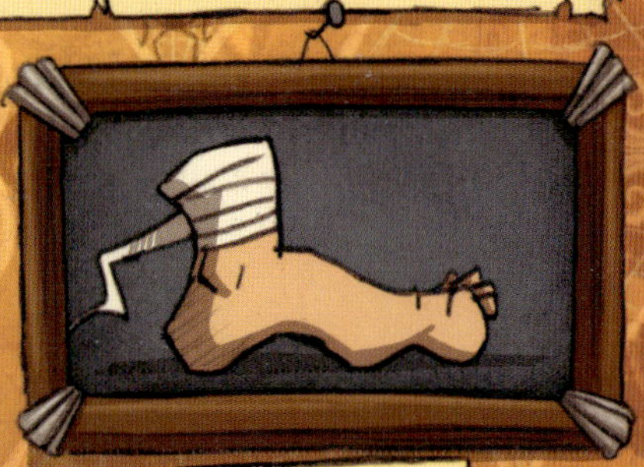

Piecete

Edad
44 años.
Peculiaridades
Callos en los dedos pequeños.
Le disgusta
Los zapatos estrechos.
Le gusta
Las pantuflas de peluche.

TODOS MIS MONSTRUOS

THOMAS BREZINA

VACACIONES EN EL HOTEL ENCANTADO

ILUSTRACIONES DE PABLO TAMBUSCIO

www.literaturasm.com

Primera edición: junio 2011
Segunda edición: junio 2012

Dirección editorial: Elsa Aguiar
Coordinación editorial: Gabriel Brandariz
Diseño y coordinación gráfica: Felipe Samper
Diseño de cubierta: Versus
Traducción: José Antonio Santiago-Tagle
Ilustraciones: Pablo Tambuscio

Título original: "Alle Monster Ferien im Spukhotel"
Publicado por primera vez por Bertelsmann Verlag GmbH, München, 1994

Impresores, 2
Urbanización Prado del Espino
28660 Boadilla del Monte (Madrid)
www.grupo-sm.com

Atención al Cliente
Tel.: 902 121 323
Fax: 902 241 222
e-mail: clientes@grupo-sm.com

ISBN: 978-84-675-4968-3
Depósito legal: M-14349-2011
Impreso en la UE / Printed in EU

MAX NOTÓ QUE LAS FUERZAS SE LE IBAN DE LOS BRAZOS Y LAS PIERNAS. DE PRONTO, SU CUERPO LE PARECIÓ GOMA. ¿SERÍA ESE EL FIN?

¡Hola! Soy Max Müller.

Tengo diez años y me gusta montar en monopatín. Hasta ahora he llevado una vida bastante aburrida. En el colegio, a veces se burlan de mí y me llaman miedica. Y la verdad es que, antes, hasta yo mismo me creía que era cobarde. Pero un día aposté con mi hermana mayor a que me atrevía a entrar solo en el viejo tren fantasma de la feria. Es una atracción que lleva años cerrada y nunca nadie ha sospechado que tras sus verdes muros se esconde un gran misterio. Yo lo descubrí. En el tren fantasma se esconden... ¡los últimos MONSTRUOS!

Esos MONSTRUOS son hoy mis mejores amigos. Pero están expuestos a un gran peligro. Y es que Karla Kätscher y su ayudante, Adonis Chorlito, están intentando cazarlos porque quieren montar un circo de monstruos. Huyendo de ellos, mis amigos se refugiaron en el tren fantasma, pero un día descubrimos que iban a demolerlo. Pudimos impedirlo a tiempo, y decidimos ganar el dinero necesario para comprar el tren fantasma. También fundé una pequeña agencia llamada Compañía de Alquiler de Monstruos. Así que los monstruos y yo estamos a disposición de aquellos que nos necesiten. Desde que los conocí, ¡no tengo tiempo para aburrirme! Aquí tenéis nuestra nueva y espeluznante aventura. ¡Se os pondrá la carne de gallina! ¡Os lo garantizo!

CAPÍTULOS

IDEAS ESPANTOSAS

Una noche, en vísperas de las vacaciones de verano,
la familia Müller se encontraba cenando espaguetis. De pronto, el señor Müller carraspeó.

–Tu madre y yo hemos decidido que este año pases dos semanas en un campamento de verano en Knatterbach –le dijo a su hijo Max.

Max se atragantó del susto y empezó a toser violentamente. ¿Dos semanas de campamento? ¡Qué horror!

Primero, no soportaba las acampadas;
segundo, siempre echaba de menos su casa,
y tercero, no podía dejar en la estacada a sus amigos,
los monstruos del tren fantasma.
¡Karla Kätscher iba tras ellos!

–Esto... ¿por qué he de ir a ese campamento?
–preguntó Max con prudencia.

–¡Para que dejes de ser miedica, canijo!
–fue el comentario de Dola, su hermana mayor.

–¡Tú cierra el pico, so payasa! –le increpó Max.

–¡Que no me llames payasa!
–resopló airada Dola, pegándole a su hermano una patada
por debajo de la mesa.

–¡Ay! ¡Dola me ha hecho un moratón en la espinilla!
–se quejó Max.

–¡So canijo, llorón! –se burló la hermana–.
¡Ya va siendo hora de que te endurezcas un poco!

–¡Basta ya! ¡Ya está bien de reñir!
–les reprochó la señora Müller. En el fondo, la madre de Max no compartía con su marido la idea de que su hijo fuera de campamento. No dejaba de sentirse muy preocupada.

–¡Por cierto, Dola, que también tú irás con tu hermano!
–anunció el señor Müller.

Del disgusto, a Dola se le cayó el tenedor de las manos. La fatalidad quiso que estuviera lleno de espaguetis y salsa de tomate y que, por desgracia, llevara los pantalones blancos.

Al ver la mancha, Max casi revienta de risa.

–¡Pero si yo quería ir con mis amigos de excursión en bicicleta! –protestó la muchacha.

–¡Tú lo único que quieres es besuquearte con Egon, tu noviete! –le susurró Max.

–Ni hablar, no iré a ese campamento de verano. ¡Eso es solo para canijos como Max! –dijo resuelta Dola.

–¡Yo tampoco iré! –exclamó Max, que, excepcionalmente, estuvo de acuerdo con Dola–. Esos campamentos son una idiotez. Siempre hay los mismos juegos estúpidos y peleas. ¡Y un chico de mi clase se cayó a un arroyo, se rompió las dos piernas y cogió una pulmonía!

Eso surtió efecto. La señora Müller se puso pálida.

–Tenemos que volver a hablar del asunto
–le dijo a su marido.

Él se negó en redondo.

–No, es mi última palabra. A estos dos les va a venir muy bien. ¡Irán al campamento en Knatterbach y pasarán allí sus TRES semanas! –gritó.

–Ya veremos –sentenció la madre.

El resto de la cena transcurrió en silencio.

Todo el mundo se limitó a llevarse los espaguetis a la boca sin levantar la mirada del plato.

Después, Max dijo que se iba al piso de abajo a regarle las flores a la señorita Elsa. La vecina se había trasladado a África durante un año y le había dejado la llave a Max. La buena mujer no podía imaginarse que, desde que se fue de viaje, su dirección y su número de teléfono eran las señas de la oficina de la Cía. de Alquiler de Monstruos.

Max dio de comer al gato y regó las flores. Después fue a comprobar el contestador automático. Max estaba emocionado, pues había puesto un anuncio en el periódico. Su texto decía así: «¿Quiere que a alguien se le ponga carne de gallina? ¡Llámenos! Cía. de Alquiler de Monstruos». Y había añadido el número de teléfono de la señorita Elsa.

Cuando alguien llamaba, el contestador automático respondía lo siguiente: «¡Huaaaa, aquí la Cía. de Alquiler de Monstruos! Estamos por ahí dando sustos. ¿Quiere que le pongamos la carne de gallina? Gustosamente lo haremos. Díganos en qué fecha quiere vernos. Hable a continuación del aullido». Acto seguido, Amadeo Licántropo había grabado su bramido más espeluznante.

Max vio que parpadeaba un piloto rojo. Alguien había dejado un mensaje. Los dedos le temblaron cuando apretó la tecla para escucharlo.

SIN FANTASMAS EN EL HOTEL ENCANTADO

—¡Hola!... Soy Huberto Hohenur, propietario del hotel La Tumba.
Tengo un problema. Hasta hace unos días, mi establecimiento estaba encantado. Todas las noches se oían en el sótano los aldabonazos, el arrastrar de pasos y el ulular del fantasma del difunto conde Hanno Hohenur, mi antepasado. A mis clientes les gustaba el fantasma. Pero ha enmudecido. Necesito un sustituto. ¡Tráiganme un monstruo! –y a continuación, el señor Hohenur dejó su número de teléfono y acabó con estas palabras–: ¡El hotel La Tumba se encuentra en las afueras de la aldea de Knatterbach!

Max respiró hondo. ¡Knatterbach!
¡Menuda casualidad, igual que el campamento!

De pronto, al chaval no le pareció tan mala idea el que sus padres le enviasen allí. Sus monstruos podrían montarla por el hotel y él estaría muy cerca. ¡Aquello prometía ser muy divertido!

Max subió a su casa a toda velocidad para decirle a su padre que estaba deseoso de pasar las vacaciones en el campamento. Después quería ir al tren fantasma para contárselo todo a sus amigos.

En la entrada se encontró con Dola, que levantó la mano al ver a su hermano. Max fue a cubrirse. ¿Iría a pegarle?

–¡Hermanito! –susurró Dola, y Max creyó haber oído mal–. ¡Hermanito del alma! ¡Has salvado mi excursión en bicicleta!

En efecto, Dola abrazó a Max y le estampó un beso en la frente.

–¡Pfuaaa! –Max se limpió con el brazo y se apartó de ella.

Entonces apareció también su padre, y miró a los dos con el ceño fruncido.

–Está bien. Como ninguno de los dos queríais ir al campamento de vacaciones, no iréis. Agradecédselo a vuestra madre.

Adiós a los planes de Max.

–¡Eh, pero si yo sí que quiero ir a Knatterbach! –soltó el chico.

Dola puso los ojos como platos
y lanzó un grito penetrante.

–Pero, canijo, ¿es que te has vuelto tarumba perdido?

Al señor Müller, por el contrario, se le iluminó el rostro
y abrazó a su hijo.

–¡Max, estoy orgulloso de ti; eres un valiente! –dijo–.
¡Saldréis pasado mañana!

Dola le lanzó una mirada asesina a su hermano. Pero Max no le prestó atención: terminó de abrazar a su padre, salió corriendo hacia su habitación y la cerró.

Era el momento de usar su grabadora.
Había preparado una grabación especial.
En ella se oía una silla arrastrándose,
los portazos de un armario y otros ruidos.
Mezclado con aquello, también podía oírse
el canto alegre de Max.
Cuando su madre se puso a escuchar tras la puerta,
no tuvo ninguna duda de que su hijo
estaba ordenando su cuarto.

La verdad, sin embargo, era otra. Max se había descolgado por el canalón del desagüe y había salido pitando sobre su monopatín hacia la feria. Una vez allí, levantó una tapa de alcantarilla situada junto al tren fantasma y descendió por el camino subterráneo. Lo hizo con absoluta discreción, pues no quería que nadie descubriese a sus amigos. Ellos ya lo esperaban con impaciencia.

—¡Max, nos alegra verle! —le saludó Frankesteinete—. Tenemos entre nosotros a un recién llegado.

Max sudaba. Había sido un día caluroso y en el tren fantasma hacía muchísimo calor. El chaval resoplaba y jadeaba.

—Permítame que le presente a Rupert, resobrino en cuarto grado de nuestro querido amigo Draculín —dijo Frankesteinete señalando a un flaco vampiro que llevaba un frac demasiado grande. El chaleco y el pantalón le colgaban del cuerpo, y la capa rojo sangre era tan larga que Rupert no paraba de tropezar en ella.

—Es una parte de la familia que apenas conozco —afirmó Draculín.

—Buenas —murmuró Max mientras apretaba la mano del vampiro. Max se quedó mirándolo fijamente, entrecerrando varias veces los ojos.

¿Por qué ese chupasangre le resultaba tan familiar?
«Tal vez sea el calor, que me hace desvariar un poco», pensó el muchacho.

Por último, recordó por qué había ido al tren fantasma.

–Escuchadme todos: tengo algo importante que comunicaros –exclamó–. ¡Hemos recibido un nuevo encargo! Tenéis que ir a dar sustos al hotel La Tumba, porque el fantasma que tenían ya no está –comunicó Max a sus amigos–. Se trataba de un conde aparecido.

Plombo Momia, que se estiraba sus mohosas vendas, preguntó:

–¿Qué significa que ya no está?

–Que ha enmudecido. ¡Que ha dejado de dar aldabonazos y de arrastrar los pasos! –explicó Max.

Frankesteinete frunció el ceño.

–Un fantasma no enmudece de pronto. ¡Cuando deja de aparecerse, es que hay un motivo!

Silencio. Por unos segundos, los monstruos estuvieron pensando qué podría haber ocurrido.

–¡Karla Kätscher! ¡Tal vez haya conseguido atrapar al fantasma! –dijeron a coro, espantados.

–¡Seguro que no es eso!
–Rupert sacudió enérgicamente la cabeza.

Zerbi, el cancerbero tricéfalo, volvió sorprendido sus tres cabezas hacia él.

–¿Y tú cómo lo sabes, eh?

–Esteee... ¡En fin!, pues porque me lo habría dicho –contestó Rupert sonriendo apuradamente.

Y los ojos de todos los demás monstruos se clavaron en el vampiro.

–¿Que te lo habría dicho? ¿Es que conoces a Karla Kätscher? –le preguntó Mombo Momia con apremio.

A Rupert se le hacía cada vez más grande la sonrisa y mostró sus dos afilados y puntiagudos colmillos.

–Esteee... Yo... yo... llegué a morderla, ¿sabéis? –balbuceó.

De pronto, Max vio claramente que su sospecha era cierta. ¡Aquel vampiro no era auténtico!

MONSTRUO CON PERMISO DE CONDUCIR

—¡Es Adonis Chorlito!
—exclamó—. ¡Se ha colado aquí con un disfraz!

Los monstruos gritaron encolerizados y se arrojaron sobre aquel hombre. Draculín no se anduvo con contemplaciones y fue directo a por Adonis, con el propósito de hincarle sus largos colmillos en el pescuezo. Pero enseguida retrocedió, tambaleándose entre gemidos y aullidos. ¡El cuello de la capa de Adonis era de hierro!

Boris Tembleque agarró al hombre
con sus gigantescas zarpas verdes y fue a levantarlo.

–¡Ufff! –resolló.

De pronto, el flaco Chorlito parecía pesar mil kilos.

–¡Eh, ese tipo lleva una armadura
para que no podamos hacerle nada!
–constató Amadeo Licántropo.

–¡No debe salir de aquí; si no, revelará
nuestro escondite a Karla Kätscher!
–dijo angustiada Nesina.

Entonces, Adonis se volvió hacia la pared
y cogió una de las oxidadas espadas que había colgadas.
Con la otra mano, agarró a Max y lo apretó contra sí.

–¡Alejaos, bestiajos! –chilló–.
Si no, al chico le ocurrirá una desgracia.

Los monstruos enmudecieron y se quedaron clavados.

–¡No, por favor, no le haga daño a Max!
–le suplicó Frankesteinete.

–Vais a salir todos de este agujero y os meteréis
en silencio en la furgoneta que está delante
del tren fantasma. Después soltaré al pequeñajo
–ordenó Adonis.

Max apenas articuló palabra. Sus ojos, llenos de miedo, estaban fijos en la espada que Adonis blandía justo en su cuello. Sería vieja, pero aún estaba afilada.

–¡Je, je, je, la jefa se alegrará cuando os lleve hasta ella! –dijo el hombre, que se las prometía muy felices.

Lentamente, paso a paso, los monstruos retrocedieron hacia la salida. Normalmente, siempre tenían esa puerta cerrada para evitar visitas indeseadas. Pero aquella vez el candado estaba abierto. Max notó que las fuerzas se le iban de los brazos y las piernas. De pronto, su cuerpo le pareció goma. ¿Sería ese el fin?

—¡Más deprisa, más deprisa! —los azuzaba Adonis.

Ah, cómo disfrutaba. Por una vez no estaba metiendo la pata. En su euforia, no notó que Piecete salía de debajo del sofá con mucho sigilo. Mombo Momia se dio cuenta y, lentamente, se llevó la mano a sus gafas de sol. Con la rapidez del rayo, la momia descubrió su rostro y, entre las tiras de tela, proyectó dos rayos verdes intensos que acertaron a la espada que empuñaba Adonis. En un segundo, la espada se puso al rojo vivo.

—¡Huaaaa! —aulló Adonis mientras la soltaba.

Lucila correteó hasta ella y se la tragó.

—¡Mmmm!... ¡Espada a la parrilla, uno de mis platos favoritos! —dijo relamiéndose de gusto.

Pero Adonis seguía sin soltar a Max y amenazó:

—¡Voy a romperle todos los huesos al chi...! —y no pudo seguir.

Desde atrás, Piecete había saltado con toda su furia contra el trasero de Adonis. El secuaz de Karla Kätscher salió despedido hacia adelante y se estrelló contra la pared de madera. Los listones saltaron en pedazos y el hombre fue a parar a la calle.

Se levantó tambaleándose, se tocó con ambas manos la dolorida cabeza y se fue de allí haciendo eses como si estuviera borracho perdido.

–Pero... pero no podemos dejar que se vaya así como así. ¡Sin duda revelará nuestro escondite a Karla Kätscher! –dijo furioso Amadeo Licántropo.

A Boris Tembleque le espantaron tanto estas palabras, que al punto le dio un cortocircuito.

–¿Lo perseguimos? ¿Qué hacemos con él cuando lo cojamos? –reflexionó en voz alta Frankesteinete.

–¡Rápido, a por él! –jadeó Max.

Pero ya era demasiado tarde. Todos oyeron cómo arrancaba el motor de la furgoneta y Adonis Chorlito salía pitando de allí, derrapando por la velocidad.

¿Y ahora qué?

–¡Debéis partir enseguida! –decidió Max–. ¡Sin duda, Karla Kätscher aparecerá esta misma noche para capturaros y llevaros a su circo de monstruos!

Draculín levantó la mirada, desconsolado.

–¿Cómo no me daría cuenta de que ese granuja tenía demasiado maquillaje en la cara como para ser un vampiro auténtico? ¡Y por si fuera poco, decía que era de mi familia! ¡Me está bien empleado el dolor de dientes, como castigo y...!

Max le interrumpió.

–¡Basta! ¡No hay tiempo para lamentaciones! ¡Debemos encontrar el modo de que viajéis a Knatterbach! –exclamó el chico.

Amadeo Licántropo se sacó del bolsillo del pantalón un manojo de llaves.

–¡Pero si tenemos un coche!

Max no daba crédito a sus oídos.

–¿Y dónde está? –inquirió.

–¡Aquí al lado! –explicó Amadeo abriendo una gran puerta de madera y encajando dos bombillas en las manos de Boris Tembleque–. ¡Enciende la luz, botarate!

–¡Ya voy, Amadeo! –dijo Boris riendo cavernosamente mientras giraba las tuercas metálicas de su cuello. Al momento, se pusieron a lucir las lámparas que tenía en las manos, iluminando un automóvil grande y negro.

Max tragó saliva con fuerza.

–¡Pero si... si es... un coche fúnebre! –jadeó.

El espacio donde en otro tiempo iban los ataúdes, ahora lo ocupaban seis anticuados asientos de automóvil. Max distinguió cortinas negras en los largos ventanales.

–¡Lo más logrado es la bocina! –dijo entusiasmada Nesina mientras la apretaba con sus verdes zarpas, produciendo una ensordecedora música que a Max casi le produjo lágrimas.

–¡Pero... pero para llevar un coche hace falta un permiso de conducir! –objetó el chico.

–¿Y eso qué es? –le preguntó el licántropo.

–¡Un carné! –le explicó Max–. Un papel donde pone cómo te llamas y que te permite conducir un coche. Te lo dan si apruebas unos exámenes.

Amadeo Licántropo se rascó y sacó algo de debajo del asiento del conductor.

Max tuvo nuevamente que tragar saliva con fuerza. Se trataba de una pequeña lápida.

–Con esto bastará –opinó el licántropo–. ¡Como veis, lleva mi nombre, y fácilmente se ve que sé conducir!

Max desistió sacudiendo la cabeza.

–¡Suban, partimos inmediatamente! –apremió Frankesteinete a los demás. Fue a agarrar el tirador de la puerta trasera para abrirla, pero no había picaporte alguno.

Lucila agachó la cabeza, apurada.

–Perdonad, pero hace unas semanas no tenía en casa ningún tornillo que llevarme a la boca y entonces me comí el tirador –musitó.

–Pues entonces explíqueme cómo se abre la maldita puerta –preguntó enfadado Frankesteinete.

Boris agarró el parachoques, levantó el automóvil un metro y lo dejó caer de nuevo. Hubo un estrépito ensordecedor y... la puerta se abrió de golpe. El monstruo de Frankenstein sonrió ufano e hizo un ademán de invitación a subir.

–Debéis ir a Knatterbach, al hotel La Tumba –indicó Max a los monstruos–. Pasado mañana iré yo. ¡Por favor, sed prudentes!

–¡No temas! –exclamaron los monstruos, diciéndole adiós con las manos.

Uno tras otro, subieron al coche y se acomodaron. El licántropo se puso al volante, y Frankesteinete se sentó a su lado.

Pero Piecete no quiso acompañarlos. Decidió quedarse con Max y viajar con él a Knatterbach.

–Será mejor que corráis las cortinas negras –aconsejó el chaval a sus amigos.

Amadeo Licántropo accionó el arranque del anticuado coche fúnebre y, entre vibraciones y zumbidos, el motor se puso en marcha. El coche negro se alejó traqueteando. ¿Saldría bien aquello?

RIP-48

MAX COMETE UN ERROR

Al llegar a casa, Max se apresuró a ir de nuevo al piso de la señorita Elsa. Marcó el número de teléfono que había dejado el propietario del hotel La Tumba. Para hablar utilizó un pequeño aparato, con forma de saxo rojo, que tenía incorporado un micrófono que desfiguraba la voz haciéndola sonar grave, como la de un adulto.

–Hotel La Tumba, buenas tardes –exhaló una voz al otro lado de la línea.

–Aquí la Cía. de Alquiler de Monstruos –dijo Max al micrófono. Nadie debía saber que solo era un niño–. ¿Es usted Huberto Hohenur?

–¡El mismo! –dijo aquella voz gangosa–. ¿Tienen ustedes unos cuantos fantasmas malvados que enseñen a mis clientes lo que es el miedo?

–Los tengo, y ya están de camino hacia su hotel. Van un vampiro, una momia, un monstruo de Frankenstein, un mini-Frankenstein, un cancerbero, la sobrina de Godzilla, la hija del monstruo del lago Ness y un licántropo –respondió Max.

–Eso suena horrorosamente bien –afirmó el conde.

Max convino con él el precio por dos semanas de trabajo y anunció que sus amigos llegarían a la mañana siguiente.

Una vez que lo dejó todo preparado, se fue rápido a casa. Ya era muy tarde. El chico subió a toda prisa por las escaleras hacia el segundo piso y abrió la puerta. En la entrada estaban su padre y su madre, que se quedaron mirándolo como si fuera transparente.

–¿Pa... pa... pasa algo? –tartamudeó Max.
Bien sabía él qué pasaba. Había cometido un error. Y es que sus padres creían que su hijo seguía en su habitación.

–Nosotros... ¡no te hemos oído salir de la habitación! –dijo su madre en tono de reproche.

–Este... es que he tenido que volver a dar de comer al gato de la señorita Elsa –mintió Max.

–Pero... pero... ¿cómo no nos lo has dicho? –siguió interrogando su padre, poniendo la mano en el picaporte de la puerta del cuarto de Max.

¡Ay, ay, ay! El chico había cerrado desde dentro. Ni siquiera Max podía volver a entrar en su propia habitación. Si su padre se daba cuenta, le iba a someter a un interrogatorio de tercer grado.

Tan alterado estaba Max, que se puso colorado.

–Este... ejem... en fin... –no pudo articular nada más. Max se ponía cada vez peor, a medida que su padre giraba poco a poco el picaporte...

«¡Un milagro..., por favor, un milagro...!», imploró Max.

–¡A la cama, que ya es tarde! –dijo con severidad el padre, y abrió la puerta.

Horrorizado, Max cerró apretadamente los ojos esperando la tormenta de preguntas.

–Hijo, pero si te estás durmiendo de pie –dijo cariñosamente la madre.

Max se atrevió a abrir un ojo y se quedó boquiabierto de la sorpresa.

¡La puerta estaba abierta! ¡El milagro había ocurrido! ¿Pero cómo?

–¡Bue... buenas... noches! –balbuceó, entrando a traspiés en su habitación. Jadeando, se echó sobre la cama sintiendo el intenso latir de su corazón.

–¡Aaaah! –gritó Max. Algo le había saltado a la barriga desde el suelo. La puerta se abrió de golpe y su madre le miró.

–Max, ¿qué...? Oh, no... Tu pierna... ¡Te has roto la pierna! –chilló.

Pero lo que estaba sobre la barriga de Max no era su pierna, sino Piecete. El astuto Piecete había subido hábilmente por la pared y consiguió abrir la cerradura de la puerta.

Con la rapidez del rayo, el pie desapareció bajo la manta de la cama, y Max trató de tranquilizar a su madre.

–Mamá, ¿qué... qué es lo que tienes? –preguntó ingenuamente.

La señora Müller tenía la cara blanca como la cal.

–Tu pierna... ¡La tenías encima del todo...!

Max soltó una carcajada.

–Eso... no era más que un ejercicio de gimnasia –menuda trola. Afortunadamente, su madre se conformó con la explicación y se retiró.

Por su parte, Max acarició a Piecete
y le expresó su agradecimiento.

–Pero, por favor, no vuelvas a asustarme, ¿eh?
Y escóndete bien siempre. ¡Mamá lo encuentra todo!

Piecete dijo que sí con un chasquido,
y media hora más tarde, el chaval estaba dormido
con su atípico «osito de peluche».

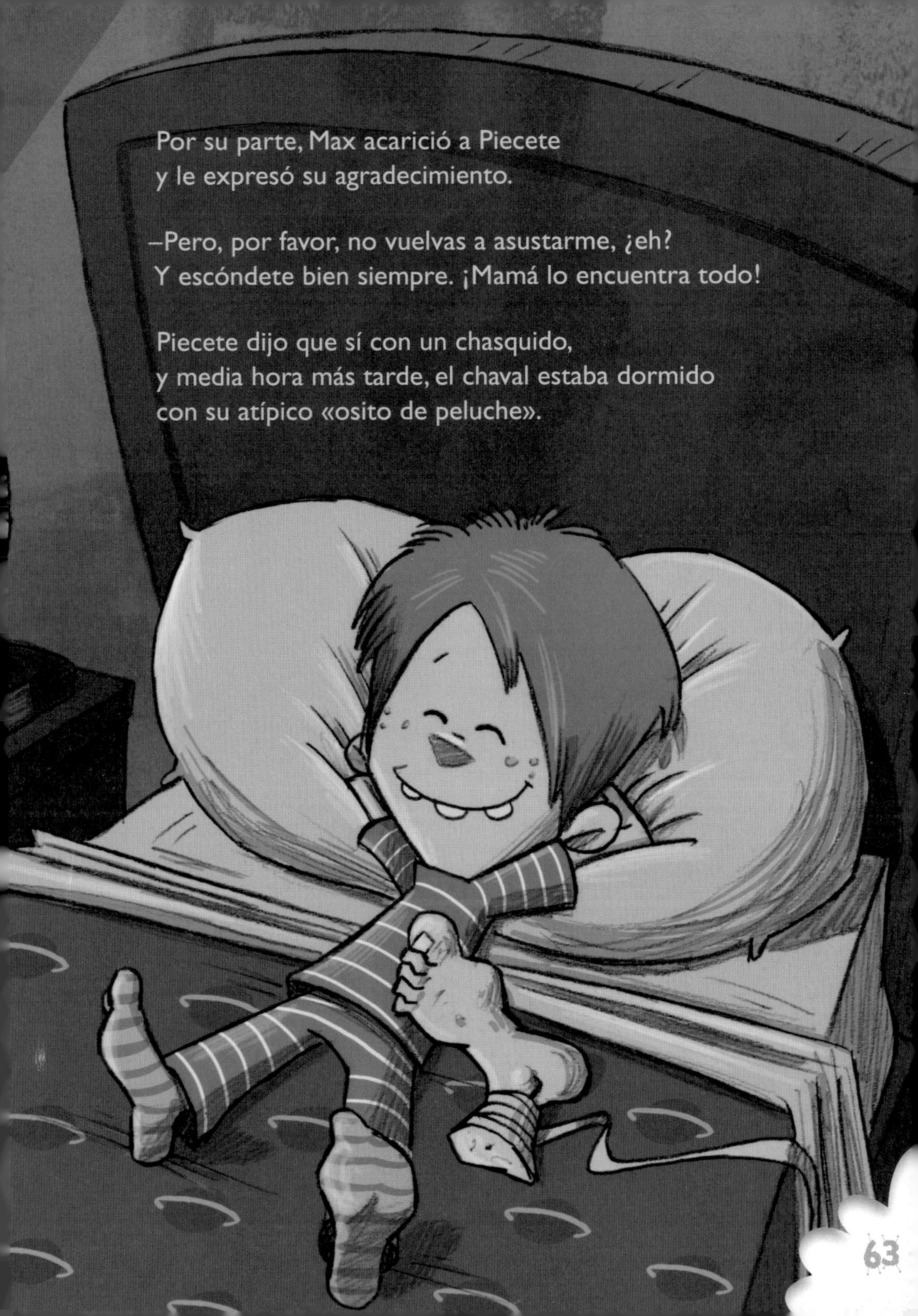

A la misma hora, una furgoneta se detenía delante del tren fantasma. Era el coche de Adonis Chorlito y Karla Kätscher. Adonis se había quitado su disfraz de vampiro y se había puesto su traje superholgado.

–¡Aquí!... ¡Aquí los he encontrado, jefa! –jadeó.

Karla Kätscher metió la cabeza, con moño y todo, por el agujero de la pared.

–¡Señor Chorlito! ¿Ha estado usted hoy mucho tiempo al sol? –preguntó mordazmente. Adonis hizo un gesto afirmativo–. Pues el calor no le ha sentado bien. Me parece que el sol ha secado el poco cerebro que le quedaba. Esta caseta está vacía. ¡No hay nadie dentro!

Al romper en su vuelo la pared de listones, Adonis se había golpeado de mala manera la cabeza y desde entonces le fallaba un poco la memoria. Por eso no recordaba adónde querían ir los monstruos.

–¡Es usted un miserable gusano! –le insultó la señora Kätscher–. ¡O encuentra a los monstruos en una semana, o queda usted despedido!

Adonis se estremeció. No, no quería que su jefa le despidiese. Tenía que encontrar a los monstruos. ¡Si por lo menos supiera adónde habían ido! ¿Volvería a acordarse?

DESAPARECEN OCHO MONSTRUOS

A la mañana siguiente, Max apenas podía abrir los ojos. Había dormido muy poco y aún tenía metido en los huesos el susto de la pasada noche.

–Piecete, ¿tú qué dices? ¿Habrán llegado bien los demás al hotel encantado? –preguntó en voz baja.

Piecete agitó los dedos. «¡Y yo qué sé!», quiso decir.

Max no paraba de pensar en Adonis Chorlito, que había logrado dar con la guarida de los monstruos e infiltrarse en ella. Una y otra vez surgía en su cabeza el recuerdo de la espada que aquel hombre le había puesto en el cuello.

–Piecete... Tal vez... tal vez Adonis haya perseguido a los demás, los haya asaltado en una solitaria carretera y los haya apresado –reflexionó en voz alta. Había menospreciado mucho al ayudante de la señora Kätscher.

Max se levantó de la cama y se sintió como si por la noche le hubiera pasado por encima una apisonadora. Bostezando, se dirigió al cuarto de baño. Piecete permaneció escondido bajo la manta.

Cuando el chaval cerró tras de sí la puerta del cuarto de baño, su hermana mayor, Dola, atravesó rápidamente el pasillo y se metió en la habitación de Max.
Llevaba en la mano una bolsita de polvos pica-pica. Quería vengarse por tener que ir al horrendo campamento.

–Max, ponte hoy la camisa blanca y los pantalones azules de vestir –se oyó decir desde la cocina a la señora Müller. La madre de Max opinaba que, para recoger las notas, uno tenía que ponerse sus mejores prendas.

Dola, que lo había oído todo, sonrió con satisfacción y un punto de maldad. Sacó del armario la camisa y los pantalones. Abrió la bolsita de polvos pica-pica y fue a esparcirlos entre la ropa de su hermano. Al darse cuenta, Piecete salió de debajo de la manta, saltó al suelo, tomó carrerilla y dio un buen salto. De una patada, le quitó a Dola la bolsita de la mano, ejecutó una doble pirueta y desapareció en la papelera con la rapidez del rayo.

La bolsita de polvos se volteó en el aire por encima de la cabeza de Dola y su contenido se esparció sobre ella.

–¡Iiiiiih! –chilló la chiquilla, agitándose asqueada–. ¡Iiiiiih!... ¿Qué es eso?

Los polvos pica-pica surtieron efecto y Dola no tuvo tiempo de reflexionar sobre qué había sido aquella cosa de color carne que había pasado ante ella como una exhalación. Habría necesitado al menos diez manos para poderse rascar por todo el cuerpo a la vez.

–¡Uuuuuh!... ¡Oh, no!... ¡Qué picor! –maldecía mientras se contorsionaba furiosamente.

–¿Pero qué te pasa? –preguntó sorprendido Max al volver del cuarto de baño–. ¿Y cómo es que estás en mi habitación? ¡Esto es terreno prohibido para ti!

Dola le lanzó una mirada asesina y salió de allí rascándose.

–¡Lo pagarás! –volvió a amenazar–. ¡Y además le diré a mamá que... que... que tienes en la habitación un animal sin pelo, y eso que tenemos prohibido tener animales en casa!

Max tragó saliva. ¿Un animal sin pelo? Solo podía tratarse de Piecete. ¿Cómo se había dejado ver de nuevo?

El chico no tuvo mucho tiempo para recapacitar. Cuando terminó de desayunar, fue corriendo al piso de la señorita Elsa y telefoneó al hotel La Tumba.

–Buenos días, es la Cía. de Alquiler de Monstruos –dijo con voz grave–. ¿Está usted satisfecho con ellos?

–¡Menos mal que llama usted! –dijo la voz gangosa de Huberto Hohenur–. ¿Dónde se han metido esos bicharracos de los que me había hablado?

A Max casi se le cae el auricular de las manos.

–¿Quiere decir que aún no han llegado a su hotel?

–¡No, no han llegado!

Max respiró hondo y balbuceó:

–Este... yo... en fin..., me ocuparé de ello.

Cuando colgó, le temblaban las manos. Era tan grave como había temido. Adonis Chorlito había tendido una trampa a los monstruos. ¡Tal vez ya se encontraran en las jaulas de Karla Kätscher! «¡Nunca debí dejar que fueran solos!», se reprochó Max.

Miró el reloj y se llevó otro susto. Faltaba poco para las ocho. Tenía que ir a la escuela para recoger las notas.

«¿Qué les habrá pasado? ¿Dónde estarán? ¿Qué es lo que he hecho?», eran las preguntas que le retumbaban en la cabeza. Max estaba desesperado, porque no podía contar a nadie sus preocupaciones. Aparte de él, nadie sabía nada de los monstruos, y tampoco debía decir nada a nadie. Pero ahora, ¿qué iba a hacer?

No podía ir a la policía a denunciar la desaparición. Lo tomarían por loco y lo mandarían a un manicomio.

–¡Eh, Max Müller! ¿Es que no estás contento? ¡Eres el tercero mejor de toda la clase! –dijo la señora Grillich, su maestra.

–Este... ¡Ah, sí!... ¡Muy amable! –balbuceó Max, recogiendo las notas y metiéndolas en su carpeta.

Por fin, la señora Grillich terminó su discurso de despedida y deseó a todos felices vacaciones. Max se fue del colegio a todo correr. Su primer destino fue el tren fantasma. ¿Estarían allí los monstruos?

DEPÓSITO DE GASOLINA EMBRUJADO

Pues no, no estaban allí.
El tren fantasma estaba vacío y abandonado, sin ningún coche fúnebre. Max clavó apresuradamente unos tablones para tapar el agujero que Adonis había hecho en la pared y abandonó el tren fantasma por el pasadizo secreto.

«¡¿Y si no vuelvo a ver nunca a mis monstruos?!», se le ocurrió a Max. «Yo... les he traído la desgracia. La culpa es mía. Jamás me lo perdonaré. ¡Soy... soy un fracasado!». De buena gana se habría metido en la cama para no levantarse por lo menos en cuatro semanas.

Cuando llegó a casa, Max volvió a llamar al hotel La Tumba, pero seguía sin haber rastro de los monstruos. Además, el conde Hohenur ya estaba muy enfadado y descontento, por lo que Max cogió aún más miedo.

En su habitación, se tiró al suelo y lloró de desesperación.

–Pero, hijo, ¿qué te pasa? –preguntó conmovida la señora Müller–. ¿Tan malas han sido tus notas? –y cogiendo del suelo la carpeta, repasó el papel y meneó la cabeza–. ¿Y solo porque no hayas sacado todo sobresaliente tienes que llorar?

Pero para Max no había ningún consuelo.

Su madre fue a buscarle una buena porción de helado. Era de las que opinaban que lo mejor para curar las penas es comer. En cuanto cerró la puerta, Piecete salió veloz de debajo de la cama y correteó hasta Max. Acarició con los dedos el pelo del chico mientras trinaba. Pero, por desgracia, Max no entendía aquel idioma y por eso siguió sollozando.

Piecete se puso impaciente y lo zarandeó vivamente. Pero como el otro no paraba de berrear, el gélido pie le propinó una fuerte patada en el trasero.

–¡Eh! ¿Qué haces? –exclamó enfadado Max.
Piecete corrió delante de él de un lado para otro, como si quisiera decirle algo–.
¿Que busque a los monstruos?

Piecete saltó arriba y abajo.

–Sí, sí, pero... ¿dónde? –de pronto, Max tuvo claro que debía hacer algo–. Seguro que Amadeo Licántropo ha hecho la misma ruta que mañana hará papá con nosotros –pensó en voz alta–. Lo que significa que, si me fijo bien, a lo mejor averiguo lo que les ha sucedido a los demás...

Piecete se mostró de acuerdo con aquella idea.

Max se moría de ganas de partir. Pero Dola, por su parte, hacía lo posible por retrasar la salida.

Las horas transcurrieron. Al anochecer, los monstruos seguían sin llegar al hotel La Tumba, y a la mañana siguiente Max volvió a tener malas noticias. No cabía duda: algo espantoso debía de haberles sucedido en el camino...

A las diez en punto del primer día de vacaciones, iniciaron el viaje. Conducía el señor Müller, y su mujer se sentó a su lado, consultando el mapa de carreteras. En el asiento trasero, repantigada y enfurruñada, iba Dola, a quien la inquietud de Max no paraba de irritarla.

–Pero ¿te quieres quedar sentado, canijo? –le resopló.

Pero su hermano no podía estarse quieto.
Estaba continuamente atento por si veía a sus amigos monstruos y su negro y lúgubre automóvil.

–¿Cuánto... cuánto nos queda todavía? –le preguntó a su padre a las dos horas.

–Diez kilómetros más y habremos llegado a Knatterbach –anunció el señor Müller.

Max resopló desesperado.
¡Ya casi habían llegado, y ni rastro de los monstruos!
Adonis los había atrapado. Ya no quedaba duda.
«Yo... los ayudaré de todos modos», no paraba de decirse Max. Pero ¿cómo lo haría?

Cuando apareció la indicación de Knatterbach, el señor Müller se desvió a la derecha y paró en una gasolinera.

–Ya iba siendo hora. No nos quedan más que unas gotas de combustible –susurró.

La familia Müller descendió del coche a desperezarse mientras el empleado de la gasolinera hacía su trabajo.

–¡Eh, allí tienen helados! ¿Quién quiere uno?
–dijo la señora Müller.

La familia marchó hacia la heladería
y regresó al cuarto de hora.
¡Por primera vez en su vida,
a Max no le había gustado un helado!

El señor Müller pagó, los pasajeros volvieron a subir al coche y él giró la llave de contacto. Pero se oyó un tímido blub-blub que enmudeció al instante.

–¡Qué porquería de cacharro! –maldijo papá Müller volviendo a intentarlo de nuevo. Pero el motor permanecía mudo.

El padre de Max contempló pensativo el salpicadero. ¿Qué le pasaría al coche?

–¡No... no es posible! –exclamó agitado.
El indicador de gasolina marcaba VACÍO.
En el depósito no había gasolina.

Salió furioso del coche y le gritó al empleado:

–¿Qué broma es esta? ¿Cómo es que no me ha servido la gasolina y encima me ha cobrado?

Aquel hombre no sabía de qué hablaba el señor Müller.

–El depósito está lleno a rebosar.
¡No cabe ni una gota más!

Y, para demostrarlo, volvió a meter el grifo de la manguera en la abertura del depósito y, al instante, abrió los ojos como platos. La gasolina caía y caía; efectivamente, el depósito estaba vacío.

–¡Tendrá... tendrá usted un agujero en el depósito! –balbuceó el empleado–. Si no, no me lo explico –y se tumbó, pero debajo del coche el suelo estaba bien seco.

–¡Es usted un mentiroso! –bramó el señor Müller–. Nunca me había pasado una cosa así. ¡Me quejaré a su jefe!

Y gritando y riñendo, ambos hombres desaparecieron en el pequeño edificio de la gasolinera.

Pasados veinte minutos, regresó el padre.
Tenía la cara muy colorada, y en la mano llevaba
una horrenda rosa de plástico perfumada.

–Me la ha dado el propietario de la gasolinera
para disculparse –explicó ufano
mientras arrancaba el motor.

Es decir, mientras QUISO arrancarlo,
pues, aparte de un cansino blub-blub, no pasó nada.

–¿Eh?... ¡No es posible! –balbuceó boqueando como una carpa fuera de un estanque. El indicador de la gasolina seguía marcando VACÍO–. Esto... esto es cosa de brujos. La gasolina... parece evaporarse. ¡Se disuelve en el aire en segundos! –jadeó mientras se secaba el sudor de la frente. Y, bajando despacio del coche, miró desconcertado a su alrededor. No había nadie por allí. ¿Cómo era posible aquello?–. ¡A lo mejor anda por aquí un vampiro que chupa la gasolina del depósito! –ironizó el señor Müller.

Max aguzó el oído.

VAMPIRO DE GASOLINA

–**¿Qué pasa ahora?**
–preguntó el empleado de la gasolinera, intentando ayudar.

–Este... A lo mejor sí que tengo un agujero
en el depósito de gasolina
–dijo el señor Müller con voz de falsete.

Max, que también había salido, olisqueó.
Si no se equivocaba, allí olía realmente a moho y a rancio.
En el ambiente flotaba un aroma a tierra húmeda
y cementerio. A Max se le ocurrió algo que apenas
podía creer.

Mientras que su padre y el empleado de la gasolinera no paraban de dar vueltas alrededor del coche buscando el agujero del depósito, él se escabulló de allí. Callado y de puntillas, se fue por detrás del pequeño edificio de la gasolinera y estiró el cuello.

–Draculín, Draculín, ¿estás ahí? –llamó en voz baja.

Max ahogó un grito. Detrás de un arbusto asomaban las portezuelas traseras del coche fúnebre.
Con el corazón acelerado, se apresuró hacia el coche negro. Apartó las ramas del arbusto y, en efecto, allí delante tenía el funesto automóvil.
¿Y a quién reconoció dentro de él?
¡A todos sus amigos monstruos!

Estos, al verlo, le saludaron encantados.

–Pero ¿qué... qué hacéis aquí? –preguntó el chico fuera de sí.

–Nos quedamos sin gasolina –contó Frankesteinete.

–¡Y ya no teníamos dinero, pues Lucila se tragó todas las monedas! –gruñó el licántropo.

–Pero de robar, ni pensarlo –explicó Frankesteinete–. Por eso nos escondimos aquí a la espera de una buena oportunidad, que se ha presentado con usted.

Max no acababa de entender.

—Me han enviado para que chupara la gasolina de vuestro coche —explicó Draculín—. Para chupar, nadie como yo, y al fin y al cabo, ese apestoso líquido lo pagaba el padre de un amigo.

El chaval se estremeció de asco.

—¿Que te has bebido la gasolina y después la has escupido en vuestro depósito? —preguntó incrédulo.

Draculín hizo una mueca.

—Max, yo solo me trago un único líquido, que se llama...

—Bueno, vale, vale —le interrumpió Max.

—Con ayuda de un tubito aspiré la gasolina y la trasvasé a una lata —explicó el vampiro.

—Y ahora, por fin, podemos continuar hasta el hotel encantado —dijo aliviado Frankesteinete—. Esperamos poder saludarle pronto por allí.

—Este... Sí, sí... ¡Estoy... tan contento de que no os haya ocurrido nada! —suspiró Max.

–¡Eh, Max! ¿Dónde estás? –era su madre quien lo llamaba.

–¡Debo irme! –exclamó el chico, y regresó corriendo al coche de su familia.

–¡Como esto siga así, voy a terminar creyendo en espíritus y fantasmas! –murmuraba el empleado de la gasolinera mientras llenaba el depósito por tercera vez.

–¡Y monstruos también! –le dijo Max sonriendo abiertamente.

–¿Eeeeh? –dijo, y se alegró de que por fin partieran los Müller. Todo aquello le inquietaba.

0.83
0.95

Cuando el coche rojo desapareció por la curva, oyó una bocina a su espalda. Su sonido fue tan grave y ululante que el pobre hombre se estremeció.

Se dio la vuelta y casi se le heló la sangre. De pronto apareció un coche fúnebre negro que pasó veloz a su lado. Al volante iba... un licántropo, y detrás, mirándolo embobado entre las cortinas, un monstruo de Frankenstein. El empleado de la gasolinera profirió un tenue «Pffft» y cayó al suelo sin sentido. ¡Aquello fue demasiado!

A Max se le quitó un gran peso de encima al volver a ver a sus amigos monstruos en buen estado. Ya podían iniciar su cometido en el hotel La Tumba. ¿Qué les esperaría allí? Y a Max, ¿qué le aguardaba en el campamento? Por suerte, no se lo imaginaba. Si no, allí mismo habría dado media vuelta...

SED CORDIALMENTE BIENVENIDOS

HARRY EL MÚSCULOS

«**SED CORDIALMENTE BIENVENIDOS**»,
ponía en un gran cartel desplegado sobre la entrada al campamento. Al frente de la recepción estaba un chico rubio con vaqueros y camiseta de manga corta.

–¡Hola, vosotros! –dijo en plan de saludo a Max y Dola mientras sacaba pecho–. Me llamo Harry y aquí soy algo así como el jefe –y miró a Dola con una sonrisa indolente dándole juego a la fuerte musculatura que se dibujaba bajo la camiseta blanca.

Harry saludó en primer lugar a la señora Müller, después al señor Müller, luego a Dola y, finalmente, a Max.

–¿Quieres tú también unos musculazos como los míos? –preguntó Harry mirándolo con altanería–. Pues ya va siendo hora de que alguien te meta en cintura, esmirriado. Pero ya nos encargaremos, pequeño –y Harry dio a Max tal golpe en la espalda que casi lo tiró.

Dola sofocó una risita y a Max le entraron unas ganas enormes de sacar de su mochila a Piecete para que les jugara una mala pasada a Harry el Músculos y a su hermana mayor.

–Pueden ustedes confiar plenamente en nosotros –aseguró Harry a los señores Müller–. Inés y yo cuidaremos de sus hijos.

Como respondiendo a una consigna,
una muchacha delgada se acercó con pasos alados,
echándose la negra cabellera hacia atrás,
como si fuera una top-model.

–¡Hola, soy Inés! –dijo melosamente–.
¡Tú debes de ser Dola y este, sin duda, el pequeño Max!

Max empezó a enfadarse. ¿Qué se habría creído
la morena aquella?

La señora Müller se despidió de sus hijos con lágrimas en los ojos. Max le prometió que, hasta para nadar, llevaría un pañuelo al cuello para no coger frío, y su madre ni siquiera notó que le tomaba el pelo.

Inés y Harry condujeron a los recién llegados a las tiendas, que se levantaban en círculo alrededor de una enorme hoguera de acampada. Max comprobó con horror que él era el más pequeño del campamento. Los demás participantes tenían más o menos la edad de Dola y lo miraban con menosprecio, como si fuera un enano para decorar jardines.

Le quedaba un pequeño consuelo. Al ser el último chico en llegar, le asignaron una tiendecita para él solo. Eso le daba un poco de miedo, pero, por otro lado, podía escaparse sin que lo vieran para reunirse con sus amigos monstruos en el hotel encantado.

–¡Dentro de media hora haremos una pequeña marcha al lago para bañarnos allí! –anunció Inés.

Se montó una gran algarabía y todos corrieron a ponerse sus bañadores.

Tres chicos, tan bien dotados de músculos como Harry, se plantaron en torno a Max y lo miraron con mofa y menosprecio.

–Enanín, tienes delante a los tres reyes del campamento. Nos llamamos Jochen, Jürgen y Jan –fue su presentación–. Puedes elegir entre servirnos de esclavo y hacer todo lo que te mandemos, o bien permanecer mucho, muchíííísimo tiempo bajo el agua.

Max tragó saliva con fuerza y miró desafiante a aquellos tres chulos.

–Nos limpiarás la tienda, sacudirás nuestros sacos, nos entregarás tu dinero, le mangarás cigarrillos a Harry y nos los darás, ¿entendido? –le explicó Jochen.

De buena gana, Max habría salido corriendo.

–¡Eh, este mocoso no nos habla! –dijo Jürgen intentando humillarlo–. ¡Aguarda, enano, que te vas a enterar!

Max notó en el estómago como un revoloteo de mariposas. ¿Qué iba a hacer ahora? De Dola no podía esperar ningún apoyo, pues aún seguía ocupada con las demás cotorras, y seguro que se alegraba de que se metieran con él.

No había nada que le diera tanto miedo como las ahogadillas. Ya le había pasado una vez y, desde entonces, era incapaz de meterse allí donde no hacía pie.

–¿No respondes? ¿Te atreves a rechazar el honor de servirnos? –preguntó Jan en tono burlón–. Pse, pues dentro de media hora tendrás que tragar mucha agua. ¡Se te pondrá una barriga gorda y redonda, cabeza hueca! –y los tres se rieron a carcajadas y se alejaron con paso cansino como tres matones del salvaje Oeste.

Desesperado, Max se sentó en la tienda sobre su saco de dormir y agarró la mochila. ¡Oh, no! Estaba vacía. ¿Dónde estaría Piecete? ¿Lo había perdido, o acaso se había ido? A lo mejor él podría haberle ayudado.

Media hora después, Harry hizo sonar el gigantesco gong situado junto a la hoguera de la acampada. Era la señal de partida. Corrió sin parar hasta el lago, y Max tuvo la sensación de que a cada paso los pies le pesaban más y más. Por fin llegaron al lago y miraron sus aguas trémulas y refulgentes.

–¡Chicas, demostrad a los chicos que somos más valientes que ellos! ¡Al agua fría! –exclamó Inés, y acto seguido se zambulló con un elegante salto de cabeza.

–¡Eh, caballeros, no permitáis que las damas nos digan eso! ¡Demostradles que sois tan capaces como ellas! –ordenó Harry. Inmediatamente, los chicos saltaron detrás de las chicas.

Solo Max permaneció en la orilla. Llevaba unos pantalones cortos y una camiseta de manga corta, y temblaba bajo el ardiente sol.

De las aguas agitadas emergieron las cabezas de Jan, Jochen y Jürgen. Parecían tiburones que se lo comían con la mirada sin parar de sonreír. Ávidos, los tres le tendían las poderosas manos y le indicaban qué pensaban hacer con Max.

–¿Preparado para las clases de buceo, miedica? –gritaron.

Max notó que Harry había acudido a su lado. Tal vez eso fuera su salvación. Harry tenía que ayudarle.

–Por favor, estos... estos me quieren... –balbuceó.

Pero Harry el Músculos no le prestó ninguna atención.

–¡Muchachos, ahí va uno que le tiene miedo al agua! –exclamó, y agarrando a Max por los pantalones y la camiseta, lo arrojó al lago.

Hubo un ¡splash! Max notó un fuerte dolor en la barriga, y tuvo la sensación de que el mundo que le rodeaba se le ponía patas arriba. El agua se le agolpó en la cabeza y se le metió por boca, nariz y orejas.

El chico volvió a subir a la superficie como una flecha, respiró, escupió, tosió y luchó por coger aire. Pero ya estaban allí también Jochen, Jürgen y Jan, que se abalanzaron simultáneamente sobre Max. Este tuvo el tiempo justo de coger una profunda bocanada de aire antes de que aquellos tres sinvergüenzas lo sumergieran profundamente.

¿DÓNDE ESTÁ MAX?

«**¡Me ahogo! ¡Aire! ¡Socorro! ¡Adiós...! ¡Se acabó todo!**», tales fueron los pensamientos que se le pasaron a Max por la cabeza. «¡Horror! ¡Horror! ¿Por qué nadie me ayuda?».

Max notaba cerca de él las piernas de los chicos y, aunque aplacadas por el agua, podía oír sus risas burlonas. Max braceaba y luchaba, pero no conseguía salir a la superficie. Entre los tres bribones lo mantenían sumergido. ¡Pero tenía que volver a coger aire otra vez!

De pronto, se rozó con algo blando y cálido. El chico no le prestó mucha atención, pues estaba demasiado ocupado pataleando. Pero el enorme cuerpo que tenía a su lado también iba a por él. Max notó cómo lo cogía de la barriga, y después todo pasó muy rápido.

A su alrededor oyó bullir y burbujear. De pronto pareció que el agua corría por él y Max tuvo la sensación de estar metido en una torrentera.

Pero ¿cómo era posible? Aquel era un lago de aguas tranquilas. Las fuerzas volvieron a fallarle en los brazos y las piernas y le pareció que en su cerebro se vertía un frasco de negra tinta. La tinta se le extendió lentamente por la cabeza y fue como si un negro velo le tapara los ojos. Max quedó inconsciente.

Cuando recobró el sentido, al principio solo veía verde. «¿Estaré ya en el cielo?», fue su primer pensamiento. Pero el cielo era azul, no verde, ¿no? Max se incorporó y tosió.

¿Dónde estaría? ¿Qué habría pasado?

–¡Hola, Max! –le dijo melosamente una voz familiar desde arriba. Max levantó la mirada y vio la risueña cara de Nesina.

–Nesina... ¿Cómo... cómo es que estás en el cielo? –preguntó con total perplejidad.

–¡El cielo! El cielo está arriba, y tú, tendido en la tierra aquí abajo, a la orilla del lago. ¡Antes he ido a recogerte! –le informó el monstruo lacustre.

–¿A recogerme? –Max no lograba entender.

–Sí, Piecete ha acudido al hotel encantado y nos ha contado que tenías problemas con tres chicos. Frankesteinete me ha enviado a que te ayudara un poco. ¿He llegado a tiempo?

Max hizo un gesto afirmativo.

–En el último momento. Pero ¿qué has hecho?

Nesina se relamió orgullosa los enormes y redondos morros y empezó a contar:

–Te he cogido y te he traído a la otra orilla. Has de saber que nado más deprisa que la más rápida de las lanchas motoras. Ya en tiempos, cuando aún vivía en el lago Ness, los investigadores se desesperaban conmigo, pues, cuando por fin me encontraban, yo volvía a desaparecer al instante. ¡Ah, mi abuela se sentiría orgullosa de mí! –y Nesina suspiró al decir esto, pues hacía muchos años que su abuela había desaparecido en una cueva sin dejar rastro.

Max apartó un poco los juncos y observó
el otro lado del lago. Allí reinaba un gran alboroto.
Harry movía violentamente los brazos y, como delfines,
chicos y chicas no paraban de zambullirse y salir del agua.

–¡Te están buscando! –dijo Nesina con una risita
de satisfacción.

–¡Les está bien empleado! –dijo furioso Max.

–Frankesteinete me manda decirte que vengas esta noche al hotel encantado –dijo Nesina–. Amadeo te recogerá en el coche fúnebre.

Max estuvo de acuerdo, y un poco después se dejó llevar de nuevo por su monstruosa amiga a la otra orilla. Esta vez disfrutó de lo lindo al ir cogido del cuello de Nesina y ser transportado por el agua como una flecha.

No pudo reprimir una maliciosa sonrisa cuando, pisando sobre el prado, se acercó a Harry por detrás.

–¡Buscad, tenéis que encontrarlo! –gimoteaba el musculoso, que, por cierto, aún no había metido los pies en el agua. Los demás brincaban y corrían como poseídos en torno al lago.

–Mi hermanito, ¿qué habéis hecho con mi hermanito, so bestias? –Dola chillaba como en las películas.

–¡Menudo escándalo, Harry! ¡Nos van a encerrar! –decía Inés, y agitaba al viento su pelo negro.

Max casi hubiera dado una voltereta de alegría cuando, desde atrás, le habló al jefe del campamento.

–¿A quién estáis buscando?
–preguntó sin poder reprimir la risa.

–A un chico... ¡Lo han metido al agua y ahora ha desaparecido! –respondió el de los músculos sin volverse.

–¡Ah, es eso! –fingió sorprenderse Max.

En ese momento, Harry se dio la vuelta y lo vio. Puso los ojos como platos y abrió la boca como pez fuera del agua.

–Pero... ¿cómo... cómo has llegado hasta aquí?

Max hizo un misterioso movimiento con la mano y dijo:

–¡El monstruo del lago me ha salvado!

Esa respuesta le costó una amenaza de Harry.

–¡No vuelvas a hacerlo más, pequeño!
–le dijo con fuego en la mirada.

Max no daba crédito a lo que oía. Ahora resultaba que él tenía la culpa de todo.

–¡Pagarás caro habernos engañado! –le juraron Jochen, Jürgen y Jan.

–¡Imbécil, nos has estropeado el primer día! –le siseó enfadada Dola.

El chico apretó los labios. Resulta que los mayores podían comportarse mal, de cualquier manera, y él tenía que pagárselas.

Pero, por el momento, era otra cosa lo que verdaderamente le preocupaba. ¿Qué habrían descubierto los monstruos en el hotel encantado?

VISITA AL HOTEL LA TUMBA

Sobre las nueve, mientras el resto de sus «compañeros» se desgañitaban alrededor de la hoguera del campamento, cantando desafinadamente a pleno pulmón, Max se largó. A solo unos pasos de la entrada lo esperaba el coche negro.

–¡Buenas! –le saludó Amadeo Licántropo mientras Max subía al coche despacio y con reparos. Tuvo que bajar enseguida el cristal de la ventanilla, por el horroroso olor a rancio y a moho que había dentro.

La manera de conducir del hombre lobo asustó bastante a Max. ¡Era un salvaje! Amadeo Licántropo pisaba el acelerador a fondo y conducía a todo gas.

–¡Sujeta bien los ataúdes! –gritaba en todas las curvas, antes de dar un volantazo y girar entre derrapes. No se estrelló por un pelo contra tres coches aparcados y siete postes de alumbrado público.

Cuando por fin llegaron al hotel, Max iba empapado de sudor. Salió del coche vacilante y tambaleante y contempló la antigua y decrépita mansión.

–¡Si quieres, con gusto te daré unas clases de conducir! –dijo Amadeo Licántropo, pero Max declinó agradecido la oferta.

El licántropo le llevó a la parte de atrás del edificio y abrió una puerta. En un trastero del sótano se encontraban sentados los monstruos, que prorrumpieron en gritos de alegría al ver a Max.

–¡Por fin ha llegado usted! –suspiró Frankesteinete–. A las doce en punto de la noche empezará nuestra primera ronda escalofriante, a la que puede usted acompañarnos. Hasta entonces, propongo que juguemos con huesos una partida de Mikado.

Todos los monstruos estuvieron de acuerdo, y Mombo Momia sacó de una cartera agujereada unos cuantos huesos finos y delgados. Max se atragantó un poco. Le parecía que se trataba de huesos humanos.

Poco antes de las doce llamaron a la puerta,
y el chico corrió a esconderse detrás de Draculín.
Un hombre de mirada lánguida asomó la delgada cabeza
por la puerta.

–Permítanme rogarles, señores monstruos,
que salgan ustedes a fantasmear un poco.

–Es Huberto Hohenur –le susurró Frankesteinete a Max.

–Parece un perro al que le hayan quitado la comida
–observó Max.

Los monstruos salieron y Max fue con ellos.
Sus amigos representaron un pavoroso espectáculo.

Boris Tembleque hizo que su cabeza luciera verde,
Amadeo Licántropo aulló pidiendo sangre,
Draculín sorbió jugo rojo, las tres cabezas de Zerbi
gruñeron de tal forma que dejaron sin aliento a todos,
y Lucila se zampó media bicicleta ante los ojos
de la temblorosa clientela del hotel.

–Pavorosamente bonito –suspiró satisfecha
una dama de edad.

–Realmente merece la pena viajar hasta el hotel La Tumba.
¡Es el mejor hotel encantado que conozco!
–suspiró un cliente–. Se lo seguiré recomendando
a todos mis amigos, porque te pone carne de gallina.

Los monstruos culminaron su actuación formando en el vestíbulo una pirámide como en el circo. En lo alto se puso Piecete, que saludó moviendo los dedos.

Mombo Momia se quitó brevemente las gafas de sol y echó una rápida mirada a la caja de fusibles. Un segundo más tarde, ya estaban saltando chispas y quemándose todos los plomos. Como siempre, los rayos del mal de ojo habían surtido efecto.

La luz se fue en todo el hotel y los monstruos partieron silenciosamente hacia su escondite. Cuando el señor Hohenur reparó la avería, ya habían desaparecido todas las fantasmales figuras y los clientes aplaudían entusiasmados.

–¡Bravo, excelente monstruosidad! –gritaron todos.

–¡Trabajo realizado! –afirmó Frankesteinete–. Ahora hemos de ocuparnos del fantasma de los aldabonazos que hasta hace poco vagaba por aquí.

Y los monstruos volvieron a salir de la habitación en fila india apresurándose por el pasillo. Max se pegó a Boris Tembleque, pues aquel monstruo fuerte como un oso era el que más seguridad le inspiraba. Porque, a fin de cuentas, uno nunca sabía quién o qué acechaba a la vuelta de la siguiente esquina...

–A los fantasmas que dan aldabonazos les gusta estar en sótanos –explicó Frankesteinete abriendo una estrecha puerta negra.

Boris activó la luz de su cabeza para iluminar el interior. Delante de los monstruos había una larga y empinada escalera que descendía hacia el sótano.

Peldaño a peldaño, bajaron hacia las bóvedas subterráneas del castillo.

–El conde Hohenur me contó que esta mansión fue construida sobre un antiguo cementerio –dijo entre susurros el hermano pequeño de Frankenstein.

Max notó un escalofrío por la espalda.

–Yo me he dado cuenta rápidamente –contó Frankesteinete–. ¡Ya hacía tiempo que no me sentía tan bien y tan cómodo!

Max se quedó mirando perplejo a su amigo.

–¡Qué maravilloso! –suspiró contento Frankesteinete cuando llegaron al sótano.

De buena gana, Max se habría vuelto y habría salido corriendo. Porque se encontraban en un recinto alto y alargado de cuyo suelo sobresalían, como dientes podridos, numerosas lápidas inclinadas.

–Pero esto es horrendo –dijo el chico temblando.

–¡Sí, sí, horrendo! –gruñó Boris.

Max ya no se sorprendía de nada. Ahora también se explicaba de dónde procedía el nombre del hotel. Y no le parecía raro que hubiese fantasmas.

El chaval se agarró angustiado a Nesina. No, no quería dar ni un paso más.

–¿Qué les parece a ustedes si tomamos algo a medianoche? –preguntó alegremente Frankesteinete a sus amigos–. ¡Es el mejor lugar para hacerlo!

Los demás accedieron entusiasmados.

–¿Y si jugáramos a escondernos en las tumbas? –propuso Boris Tembleque.

Esta propuesta suscitó aún más alegría entre los monstruos.

–¡Que nos busque Max! –decidió Lucila.

–Pe... pe... pero... –tartamudeó Max. De nada le sirvió. Draculín le echó encima su capa de color rojo sangre para que no viera, y sus atípicos amigos salieron pitando de allí.

–¡Ya vale! –exclamó Amadeo, cuya voz sonó apagada y aterradora.

Max consiguió por fin librarse del amplio manto, y con mucho miedo se volvió para mirar. A su alrededor, la oscuridad era total.

«¡N... n... no veo nada! ¡N... n... necesito luz!», fue a decir Max. Pero el miedo le atenazó la garganta y no articuló palabra. Una vez más lo intentó, pero tampoco lo logró.

Algo chirrió detrás de él. No, no era la losa de ninguna tumba. Sonaba como el gozne oxidado de una puerta. ¿Estaría alguien bajando por la escalera? Max sudaba y temblaba con fuerza, y el corazón se le aceleró. Palpó con las manos húmedas a su alrededor y notó una de las lápidas. Fue a esconderse detrás, pero de pronto tropezó y se precipitó al vacío. Cayó en una especie de fosa y apenas respiraba. Las piernas y la espalda le dolían a rabiar, pero no había tiempo para lamentos.

¡Clic! Alguien encendió una linterna y un haz de luz barrió el cementerio subterráneo buscando algo. Rac, rac, rac. Los pasos de alguien sonaron entre las tumbas. Por último, quien fuera se detuvo y otra vez se oyó el rechinar de la losa de una tumba.

A Max se le arremolinaron los pensamientos en la cabeza. ¿Dormiría alguien allí debajo? ¿Sería el señor Hohenur un vampiro que tenía allí su ataúd? ¿O estaría simplemente buscando a los monstruos? ¿Quién andaría dando vueltas allá arriba?

–¡Buaaah, me has encontrado! –Max oyó la voz terriblemente desconsolada de Boris Tembleque. La respuesta fue un fuerte atragantamiento y pasos que salieron huyendo. Max se armó de todo su valor y levantó la cabeza sobre el borde de la fosa en la que había caído.

RIP

Al circo de monstruos de Karla Kätscher
acudieron aquella tarde siete espectadores.

–¡Adonis, eche usted a la gente, se suspende la función! –dijo la directora bufando como un gato salvaje.

Algo había que hacer. Cada día que pasaba acudía menos público al espectáculo de monstruos, que era malo, aburrido y no tenía lo más mínimo de horripilante. Y es que en la atracción de la señora Kätscher solo salían malos actores con disfraces raídos.

–¡Necesito los monstruos auténticos ya!
–dijo temblando de furia la señora Kätscher–.
Quiero tenerlos. ¡Quiero, quiero, quiero!

Pero ¿dónde estarían? ¿Dónde se habrían escondido?

–¡Ya los he echado, jefa! –anunció obediente Adonis Chorlito–. ¡Les he devuelto el dinero de la entrada y diez euros más para que no se fueran muy tristes!

A Karla Kätscher se le puso el rostro blanco como la cal.

–¡Cerebro de chorlito! ¡Qué digo de chorlito, de gorrión! ¡No, de babosa! ¡Ni siquiera eso, de pulga! Es usted lo más tonto de este mundo, y quiero que de una vez me consiga los monstruos. ¡Si no, cumpliré finalmente mi amenaza y quedará usted despedido!

Aquella noche, Adonis no pegó ojo. En su desvelo, no paraba de dar vueltas en la dura cama de su caravana gruñendo una y otra vez:

–Los monstruos, ¿dónde están los monstruos? –por último, se levantó y, gimoteando y retorciendo las manos, berreó–: Ya no aguanto más. Necesito descansar de una vez. ¡Me iré de viaje a un lugar lejano, a un hotel acogedor!

Al decir «hotel», su cerebro hizo ¡pling!, y una maliciosa sonrisa se dibujó en su rostro.

–Hotel, eso es. Los monstruos están en un hotel. Un hotel encantado en un lugar llamado... Knabbestein... o Knatterfels... ¿o tal vez Knatterbach? Es igual, ya lo averiguaré y por fin los cogeremos. ¡La jefa me felicitará!

Y Adonis Chorlito se hundió en la almohada y al momento quedó roncando en un profundo sueño. ¡Al fin podía dormir, pues ya al día siguiente Karla y él encontrarían y atraparían a los monstruos!

Nuestros espeluznantes amigos no se imaginaban nada de estos siniestros planes. Seguían en el cementerio jugando al escondite.

Desolado, Boris asomó su cabeza verde por la tumba.

–¡Max, me has encontrado! –se quejó–. Esta tumba no era buena.

–Este... estás equivocado, Boris. No fui yo, sino otra persona –dijo Max desde la fosa abierta en donde estaba.

–¿Quién, quién? –preguntó Boris Tembleque.

Max se encogió de hombros, desconcertado.
Lo único que vio fue un par de botas de cuero y un traje también de cuero como los que llevan algunos motoristas. El enigmático desconocido había vuelto a subir corriendo las escaleras y había cerrado tras él la puerta del sótano.

Boris olisqueó con fuerza y dijo:

–No fueron ni Chorlito ni Karla Kätscher. ¡A los dos los habría reconocido por el olor, porque tengo nariz de perro! Aunque, de todos modos, anteayer me resfrié y por eso no olí a Adonis cuando se coló disfrazado en el tren fantasma.

Entonces los demás monstruos salieron de sus escondites en las diversas tumbas y se preguntaron quién podría haber estado allí.

–Lo que fuera no es ni espíritu ni fantasma –observó finalmente Frankesteinete–. Pero ¿y si el desconocido tuviera algo que ver con el fantasma de los aldabonazos?

Max prometió reflexionar sobre eso, pero tenía que volver ya al campamento. Nadie tenía que notar su desaparición.

–Te llevaré en coche –dijo el licántropo ofreciéndose generosamente.

Pero Max rehusó agradecido. Mejor volvería a pie. Era más seguro, y el chico ya había tenido bastantes sobresaltos ese día.

Justo cuando abría de golpe la puerta del sótano, venía por el pasillo el conde Huberto Hohenur.

–¡Ay, mi nariz! –se quejó este, pues la puerta le dio en toda la cara.

–¡Dis... disculpe! –murmuró Max, que quiso poner pies en polvorosa.

–¡Alto, amiguito! ¿Qué andas buscando en mi sótano? –quiso saber el dueño del hotel.

A Max se le puso la cara roja como el tomate. ¿Qué le iba a decir?

–Ejem... yo... este..., ¿sabe usted?... ejem... Soy del campamento de verano y estábamos jugando al escondite, por eso he ido a su sótano. No me han encontrado. Genial, ¿verdad? –Max puso una sonrisa de oreja a oreja para que el conde Hohenur no descubriera la mentira.

–Ya, ya –murmuró Huberto con aire ausente–.
Así que se te da bien esconderte. ¿Y buscar? ¿También?
Yo para eso soy un negado. Más que negado.
Y además soy un miedica, y por eso pronto
tendré que irme de mi precioso hotel.

Max puso ojos de sorpresa. ¿Y eso?
Con prudencia le preguntó al conde qué quería decir,
y Huberto se puso a contar lo siguiente:

–Poco antes de su muerte, mi padre, el viejo conde Hanno Hohenur, escondió algo en esta mansión. Dijo que era valioso y que sería para quien primero lo encontrara. Desde luego, no seré yo.

–¿Y quién más lo anda buscando? –preguntó Max.

–Mi hermano. Precisamente dirige el campamento en el que estás. Se llama Harry, y sin duda encontrará lo que sea antes que yo, porque para todo es mucho mejor. Tiene mejor vista, es mucho más fuerte, mucho más rápido y mucho más hábil. Pero cuando haya encontrado lo que sea que esté escondido, esta mansión será suya. Así lo dice el testamento de mi señor padre. ¡Entonces mi hermano me echará, no cabe duda! –Huberto Hohenur sollozó–. Y eso que mi idea de un hotel encantado para las vacaciones es buena. A la gente le gusta mucho pasar unos días de descanso en esta espeluznante mansión. Antes oían los aldabonazos de mi padre, y hoy ven los increíbles monstruos que he hecho venir.

A Max le dio pena el conde. De mil amores
habría buscado para él toda la noche, pero era imposible.
Debía regresar al campamento; si no,
alguien notaría su desaparición.

EL DULCE SABOR DE LA VENGANZA

A la mañana siguiente llovía.
Del cielo caían goterones que golpeaban en las lonas de las tiendas. Los chicos y chicas pasaron el tiempo sentados, malhumorados y aburridos. Solo Max se alegraba de que lloviera. Tendido en su colchoneta, estuvo hojeando uno de los libros de aventuras que se había llevado.

Por la tarde, el prado del campamento
ya se había transformado en un pantano, y al oscurecer,
la mayoría de las tiendas estaban inundadas.

–Coged vuestras cosas: nos trasladamos a un hotel
–ordenaron Harry e Inés.

Habían preparado un pequeño autobús
para que los llevara a su nuevo alojamiento.
En el camino, Harry dijo con gran misterio:

–Os he buscado algo especial. Hasta que escampe,
pasaréis la noche en un hotel encantado.
¡Monstruos horribles aparecen por allí
noche tras noche!

Un rumor recorrió el grupo entero.

Dola pidió la palabra:

–¿Son grandes los cuartos de baño en ese hotel?
–preguntó.

–Este... Pues sí... ¿Por qué? –balbuceó Harry sorprendido.

Dola echó una mirada de desprecio a Max y dijo mordaz:

–Porque mi hermanito es un gallina
y seguro que se encierra en uno. En casa lo hace
siempre que se queda solo por la noche.
¡He pensado que le podríamos colocar una cama
en el cuarto de baño para que duerma allí!

Harry, Inés y los demás se rieron a carcajadas.

Durante el trayecto, le gastaron innumerables bromas estúpidas al pobre Max. El chico hubiera dado cualquier cosa por encogerse y poder meterse en su mochila. Harry se plantó junto a él y le acarició la cabeza.

–Tú tranquilo, canijo. Cuando crezcas tendrás agallas. ¡Y si no, seguro que encuentras un empleo genial como enano de jardín! –le dijo.

De nuevo hubo una carcajada general, y Max sintió que la cara se le ponía roja como un tomate.

Tras un breve recorrido, el autobús llegó al hotel encantado que ya conocía Max.

–¡Huyyyy, qué tétrico! –chilló Dola, y algunas amigas le dieron la razón entre exclamaciones.

El grupo entró apresuradamente en el vestíbulo, donde ya lo estaba esperando Huberto Hohenur.

–Permítanme que les dé una cordial acogida entre estos viejos muros –exclamó el conde, esforzándose por dar una impresión especialmente tenebrosa–. ¡Por la noche se encontrarán ustedes con atroces apariciones y monstruos horripilantes, por lo que les aconsejo que dejen bien cerradas las puertas de sus habitaciones!

Con unos cuantos manotazos resueltos, Harry se sacudió el agua de los cabellos y se colocó junto al propietario del hotel. Al lado de aquel montón de músculos, Huberto dio la impresión de ser más esmirriado y delgado todavía, y le entró una gran inquietud e inseguridad.

–Ejem..., sí..., este... Les deseo una horrorosa estancia... –balbuceó Huberto.

Harry sonrió ampliamente, mirándolo altanero, y exclamó:

–Oye, muchacho, estás tratando con chicos duros y no con temblorosos y desvencijados abueletes. ¡Ahórrate el discurso, hermanito!

El dueño del hotel le puso a Harry unas llaves en la mano y se largó de allí.

–¡Eh, chavales! –gritó Harry a los muchachos–. ¿Quién de vosotros cree todavía en espíritus y monstruos de verdad?

–¡Nadie! –bramaron todos.

–¡Muy bien! Por eso les prepararemos una divertida acogida. ¿Qué tal si nos ponemos a cazar fantasmas? –propuso Harry.

De nuevo accedieron todos entusiasmados. Aquello prometía ser muy divertido.

–¡No!... ¡No podéis hacerlo!... ¡No! –protestó quejosamente Max. Sentía en el cuello los latidos del corazón y sudaba espantosamente. Tenía un miedo tremendo de que esos animales pudieran hacer daño a sus monstruos.

Harry dirigió una sonrisa al indignado Max y susurró:

–¡Max, pequeño, será mejor que sigas el sabio consejo de tu hermana mayor y acampes en el cuarto de baño! –y de nuevo rieron todos los chicos.

Fue mala pata que en aquel momento Max sintiera la necesidad de ir al lavabo. Así que subió al primer piso, donde se encontraban las habitaciones de los huéspedes, y pronto dio con una puerta que llevaba la indicación W.C. Max se metió y se puso a discurrir, desesperado, qué podía hacer. Pero de pronto oyó en el pasillo unas risitas ahogadas. Sonaron unos chirridos y golpecitos secos, y después volvió el silencio.

Max tiró de la cadena y, al intentar salir, no pudo abrir la puerta. Estaba como pegada. ¿Qué pasaba?

Desde fuera le llegaron las escandalosas carcajadas de Jürgen, Jochen y Jan.

–¡Que te diviertas mucho en tu nueva habitación, canijo! –sisearon.

–¡Te has dejado la llave por fuera y te hemos encerrado, cabeza hueca! –explicó Jürgen.

–Y no te dejaremos salir hasta que prometas que nos servirás como esclavo. Si no, te quedarás ahí dentro todas las vacaciones –amenazó Jan.

–¡A lo mejor el año que viene encuentran tu esqueleto en el cuarto de baño! –dijo Jochen entre risitas.

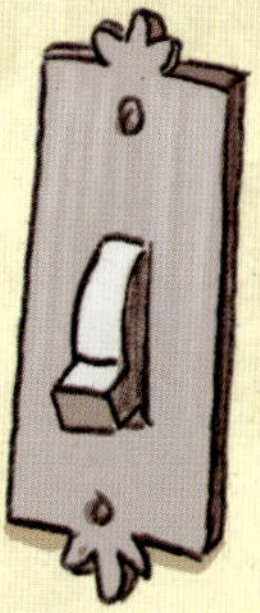

Max temblaba de arriba abajo. Aporreó la puerta, pero por desgracia era tan sólida que desde fuera solo se oía un golpeteo tenue, muy tenue.

–¡Escuchad, escuchad, el fantasma de los aldabonazos! –decían los tres, apagando con sus voces el aporreamiento.

Las lágrimas asomaron y Max empezó a llorar desesperadamente. Odiaba aquello, pues le hacía sentirse cada vez más poca cosa, más desgraciado y más débil; pero no podía evitarlo. ¿Por qué los mayores se portaban así con él?

Se sentó sobre la tapa del retrete y apoyó la cabeza en las manos. Era inútil gritar y patalear. También los muros de la vieja mansión eran demasiado gruesos. Nadie le oiría. Max tenía hambre, sed y mucho miedo. Sus monstruos no debían salir a fantasmear aquella noche. No quería ni imaginar lo que pasaría si cayeran en manos de Jochen, Jürgen y Jan.

Habitualmente, los monstruos eran pacíficos,
pero si alguien se metía con ellos,
podían enfadarse muchísimo. Podía darse el caso
de que a Amadeo Licántropo le entrase mucha sed,
y Max sabía cuál era el zumo rojo que más le gustaba.
Desde luego, de frambuesa no era...

«Tal vez me libere alguien», esperaba el chico. Pero fue en vano. Discurrieron las horas y nadie le abrió la puerta. Cuando dieron las diez de la noche, Max se moría de hambre.

Todo el rato que estuvo allí, Max estuvo observando la ventana. Al final, decidió comprobar una cosa. Se subió en la cisterna y echó una ojeada. No podía salir por allí, pues estaba demasiado alta. En cambio, Max contempló algo que le dio un miedo terrible...

¿QUIEN CAERA EN LA TRAMPA PARA LOS MONSTRUOS?

Una furgoneta se paró ante el hotel encantado.
De ella descendieron Adonis Chorlito y Karla Kätscher.
Ambos examinaron detenidamente la vieja mansión.

–¿Y ahí dentro van a estar?
–preguntó la directora del circo de monstruos a su asistente.

Adonis hizo un gesto afirmativo.

–Oí cómo hablaban de ello. ¡Tienen que estar por aquí!

Karla Kätscher se frotó las manos
con sus delgados y largos dedos.

–Escuche, Adonis, esperaremos hasta medianoche
y entonces entraremos en el hotel.
Sin duda, esos horrendos seres no saldrán
de su escondite hasta la hora de los espíritus,
y entonces los sorprenderemos
y por fin nos los llevaremos. Buen trabajo.
Excepcionalmente, he de felicitarle.

La cara de Adonis resplandeció de felicidad.

Max había visto y oído bastante. Descendió de la cisterna y se agachó desesperado. Y ahora, ¿qué? ¡Sus monstruosos amigos corrían un doble peligro!

–Todo ha acabado... Esta vez, Karla Kätscher los cogerá. Y yo... soy un estúpido, porque me he dejado encerrar en un servicio. ¡Soy de lo más tonto que hay!

Desanimado, estuvo dando vueltas entre los dedos a su gorra de visera y suspiró profundamente varias veces. Aquello no tenía salida si Jochen, Jürgen y Jan no lo soltaban.

«Max... ¡Max, no te quedes ahí sentado!», se reprochó el chaval. «Max, haz algo. ¡No puedes andar lamentándote!», y se dirigió al ojo de la cerradura para tratar de echar un vistazo al pasillo. Pero no era posible. El agujero estaba tapado. «¡Claro, la llave sigue puesta!», se le ocurrió a Max. Y de pronto tuvo una idea. Se arrodilló y vio que bajo la puerta quedaba una rendija bastante ancha. Por debajo de ella hizo pasar la dura visera de su gorra. La empujó justo hasta que quedó debajo del ojo de la cerradura. Después rebuscó en los bolsillos del pantalón. Necesitaba algo fino y puntiagudo o un trozo de alambre. «También servirá un palillo de dientes», pensó al encontrar uno. Con él desplazó hábilmente la llave, que cayó de la cerradura y fue a aterrizar exactamente sobre la larga visera de la gorra. Max respiró aliviado. Tiró con cuidado de su botín a través de la rendija y lo apretó contra sí lleno de alegría.

«¡Desde luego es útil ver de vez en cuando películas de detectives en la tele!», pensó.

W.C.

El resto fue una minucia.
Abrió desde dentro y recorrió silencioso el pasillo.
Max se inclinó sobre la barandilla; desde allí se dominaba el vestíbulo. Allí, entre risitas, chicos y chicas iban y venían deprisa preparando algo.

Max cruzó de puntillas la galería y buscó una segunda salida. Por suerte dio con una escalera muy estrecha y empinada y, finalmente, llegó al cuarto trastero donde se alojaban sus amigos los monstruos. Les contó deprisa todos los peligros que los acechaban y los terribles acontecimientos de la tarde. La ira que invadió a Boris Tembleque le produjo un mal contacto que hizo que su cabeza parpadeara como una luz azul averiada.

–¡Picadillo! ¡Haré picadillo a esos tres abusones! –amenazó.

–¡Qué sabroso! –dijeron relamiéndose de gusto el licántropo y Draculín.

–¡No, no harás eso! –dijo Max con firmeza–. Además, ahora lo más importante es desaparecer. Debéis esconderos. ¡Karla Kätscher no debe encontraros!

Piecete correteó excitado de un lado para otro delante de Max mientras sus dedos tamborileaban en el suelo.

–¿Qué le pasa? –preguntó el chico.

Piecete volvió a emitir los trinos que solo Frankesteinete entendía. El hermano pequeño de Frankenstein escuchó atentamente y pareció no poder creer lo que contaba Piecete.

–¿De verdad? –preguntó sorprendido–. Piecete cuenta que en este cuarto hay una trampilla en el suelo bajo la que empieza un pasadizo secreto. ¡Eso sí que sería un excelente escondite!

Los demás le dieron la razón entusiasmados.
Pero aunque no sabían dónde se encontraba la trampilla, comenzó una frenética búsqueda. En medio de la emoción, nadie hizo caso a Piecete; con lo fácil que hubiera sido hacerle caso desde el principio...

–¡Eh, creo que Piecete se encuentra justo sobre la puerta secreta!
–dijo por fin Max al darse cuenta.

Aliviado, el pie dio unos botecitos. Lucila husmeó por el suelo y Frankesteinete la advirtió severo:

–Puede usted olisquear el tirador secreto de la puerta, pero no comérselo, ¿entendido?

Piecete descubrió rápido una pequeña anilla
que estaba bien escondida entre los tablones del suelo.
Boris Tembleque tiró de ella y se abrió una puerta.
El monstruo de Frankenstein cogió dos bombillas
en la mano y las hizo brillar intensamente.
Con ellas, Boris iluminó el espacio bajo la trampilla
y Frankesteinete comprobó contento que el aire
era limpio. Se encontraban a la entrada de un pasadizo
largo. Desde luego, nadie los encontraría allí abajo.

Uno tras otro, los monstruos desaparecieron
por la pequeña abertura, que Max volvió a cerrar
con un suspiro de alivio. Sus amigos estaban a salvo.
Max se dirigió hacia la escalera grande.

Finalmente, el reloj de pared del vestíbulo dio las doce. Era medianoche. ¿Qué sucedería ahora?
Max miró con prudencia por encima de la barandilla y sorprendió a algunos chicos y chicas del campamento que se habían escondido detrás de sillones y armarios. «Podéis quedaros ahí sentados hasta que crieis moho, que mis monstruos no acudirán», pensó contento Max.

Transcurrieron unos minutos. Los demás clientes del hotel encantado habían salido de las habitaciones y esperaban con curiosidad la aparición fantasmal.

–¿Dónde se habrán metido hoy los monstruos? –preguntó una anciana.

–¡Chissst! ¡Oigo algo! –dijo un hombre.

Y, en efecto, en la gran puerta de entrada se oyó un clic. Empujaron desde fuera y la puerta se abrió crujiendo. Al débil resplandor de la luna, se distinguieron dos figuras. Una, alargada y delgada, y otra, algo más bajita. Ambas penetraron titubeando, mirando a su alrededor como buscando algo.

En el vestíbulo solo lucían las llamas vacilantes
de dos velas, lo que confería a aquella estancia un aspecto
particularmente fantasmal y tenebroso.

–Jefa, no veo ningún mons... –dijo una de las figuras. Sin duda se trataba de Adonis Chorlito, quien, miedoso, se mantenía a la zaga de Karla Kätscher.

–¡Cierra el pico! –siseó la mujer mientras se adentraba en el vestíbulo.

–¡Uaaaaah! –ululó Jochen surgiendo desde su escondite de detrás del sillón. Simultáneamente surgieron también Jürgen y Jan, y accionaron el interruptor de la luz. Fue entonces cuando Max reparó en la gran cantidad de latas que los chicos y chicas habían escondido en la gigantesca araña de cristal que colgaba en el vestíbulo. Dola tenía cogidas en la mano varias cuerdas y tiró con fuerza. Las latas cayeron y su contenido se volcó sobre Adonis y Karla Kätscher. Se trataba de pintura blanca, que se desparramó por los cabellos, la cara y el vestido.

Desde detrás del armario acudieron entonces otros cuantos chicos del campamento, pertrechados con viejas almohadas. Las habían rajado para que las plumas, como copos de nieve, salieran en torbellino por el aire, pegándose a la pintura húmeda y dejando a Karla Kätscher y Adonis Chorlito como si fueran pollos desplumados.

Chicos y chicas se pusieron a bailar como locos en torno a los dos cazamonstruos, riendo, chillando y armando un gran jaleo de alegría y entusiasmo.

–¡Adonis, aquí no hay ningún monstruo; todo lo más, unos cuantos adolescentes alocados! –bramó Karla Kätscher–. ¡Está usted despedido, pero antes lléveme de vuelta a mi circo, inútil, cabeza de serrín!

Y bufando de rabia, la señora Kätscher
salió a trompicones del hotel encantado.

–¡Pero, jefa, no lo entiendo!...
–gimoteaba Chorlito según corría tras ella.

De pura alegría, Max se había levantado de un salto y aplaudía entusiasmado. Una cosa había que reconocerles a Dola y los demás del campamento: que habían dado su merecido a ambos cazamonstruos.

–¡Eh, el canijo se ha escapado de su prisión!
–exclamó Jürgen señalando hacia el primer piso–.
¿Quién le ha dado permiso?

–¡Nadie! –Jochen y Jan iban hacia él a la carrera. Estaban ya metidos de lleno en lo de gastar bromas pesadas, y Max iba a convertirse en su próxima víctima.

HUIDA IMPOSIBLE

Como un rayo cegador,
el susto agarrotó los brazos y piernas de Max.
Quiso saltar e irse corriendo, pero no lo consiguió.
Con ojos desorbitados, se quedó mirando
a los tres chicos, que le sonreían diabólicamente.

Cuando los tres estuvieron a no más de cinco pasos de él, logró moverse y echar a correr. Se precipitó hacia el pasillo y oyó a sus espaldas las risas malvadas de Jürgen, Jochen y Jan.

Casi al mismo tiempo, una mano lo agarró por el jersey y Max notó que seguía corriendo en el mismo lugar. Sus piernas se movían como antes, pero no avanzaba ni un centímetro. ¿Qué era aquello? De pronto, dejó de notar el suelo bajo sus zapatillas y le pareció que volaba.

Y es que los tres chicos lo habían levantado, dejando que se agitara como un pez.

–Y bien, ¿qué hacemos con esta piltrafilla? –preguntó burlonamente Jan.

–Ahora nos va a prometer que por fin será bueno y será nuestro esclavo; entonces lo perdonaremos y solo tendrá que limpiarnos los zapatos con la lengua –siseó pérfidamente Jochen–. ¿Qué, enano? ¿Lo vas a hacer?

Max se concentró en apretar los labios y callar. No, nunca lo haría. Pataleó, dio patadas hacia todos los lados, mordió y pellizcó.

–¡Eh, esta rata inmunda muerde! –le insultó Jan, enojado.

–¡Menudos valientes, tres contra uno! –protestó Max–. ¡No es justo: os creéis algo, pero sois unos cobardes! ¡Sí, sí, sois unos cobardes!

Los tres chicos se hicieron un gesto y, sin más, dejaron caer a Max.

–Oíd lo que dice esta rata de alcantarilla –gruñó Jürgen–. ¿Vamos a permitir que nos llame eso, chicos?

Los otros dos sacudieron enérgicamente la cabeza.

–Creo que a este chiquitín hay que bajarle un poco los humos. Así que lo encerraremos hasta mañana temprano en el sótano –decidió Jochen. Y los tres volvieron a agarrar a Max con la rapidez del rayo y lo sujetaron con fuerza. Con mucha fuerza.

Llevaron a Max a la planta baja y tiraron de él hasta la puerta del sótano.

–Eh, ¿qué hacéis con el chico? –exclamó una anciana.

–¡Solo es una broma! –le aseguró Jochen, que abrió de golpe la puerta del sótano y, con sus compinches, arrastró a Max hacia abajo.

–¡Eh!... ¿Qué pasa aquí? ¿Y esta peste tan rara? –preguntó Jürgen.

Jan llevaba un mechero y lo encendió.

–¡Tío!... Pero si es un cementerio subterráneo. ¡Me parece que ya no sigo! –exclamó Jochen.

Los tres soltaron a Max y le arrearon una fuerte patada.

–¡Toma, bonita noche te espera! –dijeron, sonriendo malévolos–. De todas formas, te daremos una vez más la oportunidad de decir que sí a nuestra propuesta.

Max se sacudió con manos temblorosas y calló tercamente. La idea de pasar allí toda la noche era espantosa; pero, a pesar de todo, nunca cedería ante aquellos cerdos.

–¡Está bien, tú mismo lo has querido! –dijo Jan–. ¡Adiós, Max!

Los tres se disponían a volverse para salir escaleras arriba cuando, de pronto, oyeron un fuerte «¡Alto!». Los chicos se quedaron quietos como un palo. ¿Quién había hablado?

–¡Dad media vuelta y acercaos! –ordenó aquella voz grave.

–¿Qué... qué... qué es eso? –tartamudeó Jochen.

–¡Dad media vuelta y acercaos! –repitió impaciente la voz.

Los tres obedecieron la orden a cámara lenta
y avanzaron inseguros en la oscuridad.

–¡Seguid, caminad siempre erguidos! –ordenó la voz.

–¿Y... y si no lo hacemos? –se atrevió a preguntar Jürgen.

–¡Entonces iremos nosotros! –respondió un coro de voces.

Una luz verde se encendió, iluminando a los monstruos.
Estaban en una tumba y todos habían puesto su cara más siniestra.

¿Qui... qui... quiénes sois? –le tembló la voz a Jan.

Los monstruos salieron de la tumba.

Somos exactamente lo que pensáis: monstruos. Auténticos monstruos. ¡Y no nos gustan los fanfarrones como vosotros! –explicó Mombo Momia.

Eso no es del todo cierto –opinó Zerbi–. Estos tres tienen pinta de estar muy sabrosos a la parrilla! y los demás soltaron una sonora carcajada.

an, Jürgen y Jochen se arrodillaron.

Por favor, por favor, no nos hagáis nada. Coged mejor al canijo ese! –suplicaron.

Boris Tembleque hizo un gesto de asentimiento y agarró a Max. Los otros tres respiraron aliviados. Pero, naturalmente, el monstruo de Frankenstein no le hizo ningún daño a Max, sino que se lo puso sobre los hombros.

–¡Este es amigo nuestro! –explicó Frankesteinete.

Jochen se puso gallito, se levantó y siseó furioso:

–Sois... sois unos impostores. ¡No hay monstruos de verdad, vosotros... solo vais disfrazados!

Mombo Momia levantó su mano envuelta en vendas y exclamó:

–De modo que piensas eso, ¿eh? Bueno, ¿y qué te parece esto?

La momia se quitó las gafas de sol y lanzó los rayos verdes de sus ojos a los vaqueros del chico. Inmediatamente, el cinturón quedó hecho polvo y Jochen se vio en calzoncillos. Temblando como un flan, fue a coger sus vaqueros, pero tampoco quedaba mucho de ellos.

Piecete se fue correteando hacia el chico, se le plantó delante y emitió unos sonidos como si se estuviera riendo de él.

–¡Quiero irme a casa! –gimoteaba Jürgen.

—¡Por favor, por favor, que todo esto no sea más que un mal sueño! —lloriqueaba Jan.

—¡Mami! —jadeaba Jochen, que se puso a llorar como un bebé.

—En adelante, y durante todas las vacaciones, satisfarán ustedes todos los deseos de nuestro buen amigo Max —manifestó Frankesteinete—. Estaremos siempre cerca de él y lo comprobaremos atentamente. ¿Entendido?

Jochen, Jan y Jürgen asintieron obedientes y llenos de miedo.

—¡Pues ya pueden marcharse! —decidió el hermano pequeño de Frankenstein.

Los tres se incorporaron agradecidos y salieron pitando hacia la escalera. Zerbi, el cancerbero tricéfalo, los siguió gruñendo y, como aviso, cada cabeza dio un mordisco a cada uno de ellos en sus respectivos traseros.

–¡Uaaaaah! –se quejaban mientras enfilaban hacia arriba.

Max estaba radiante.

–Gracias, muchas gracias. Sois... ¡monstruosamente geniales! –exclamó el chico lleno de júbilo.

–Es a usted a quien le debemos ese agradecimiento, amigo mío –dijo Frankesteinete–. Al fin y al cabo, ha vuelto usted a librarnos de Karla Kätscher, que, lamentablemente, no nos tiene ningún miedo.

Max tenía una buena noticia que darles.

–Ella ha caído en la trampa que os habían preparado y ya se ha marchado. Pero ¿cómo habéis llegado aquí, al cementerio?

–¡Por el pasadizo secreto! –contó Frank–. Desemboca exactamente en esta tumba.

–¿Y qué... qué... qué hay en la tumba? –preguntó titubeante Max. Como se lo imaginaba, el pensarlo le daba escalofríos.

–¡Lamentablemente, ningún ataúd! –suspiró Draculín.

–¡No, en la tumba no hay más que un esqueleto negro! –contó Lucila–. Lo extraño es que, de pronto, en cuanto lo he visto, me ha entrado mucha hambre.

No, eso no olía a tesoro. Max ya había concebido la esperanza de haber descubierto el objeto misterioso de que le había hablado Huberto Hohenur, pero no era así. El propietario del hotel le daba lástima. Era malo tener un hermano como Harry el Músculos. Sin duda, el pobre Huberto no debía de haberlo pasado muy bien de niño. A Max le hubiera gustado mucho ayudarlo, pero no sabía cómo hacerlo.

El chico bostezó con fuerza. Estaba totalmente agotado y echaba de menos la cama. Los monstruos se despidieron de él y regresaron a su escondite a través del pasadizo secreto. Max subió por las escaleras y se encerró en su habitación. Había algo en todo aquello que no encajaba. Lo presentía, pero no sabía qué era.

¡DEMASIADO TARDE!

Al día siguiente, chicos y chicas regresaron al campamento y, juntos, hicieron limpieza. Bueno, Max no tuvo que hacer nada.

–Por favor, ponte a leer cómodamente. ¡Nosotros te haremos el trabajo! –repetían Jochen, Jürgen y Jan.

Le sentaron en un cómodo asiento,
y Max no tenía más que pedirles cuanto quisiera.
Dola observaba desquiciada aquel trato tan especial.

–¿Y cómo... cómo es que hacéis eso?
–preguntaba a los tres chicos.

–Este... pues... porque Max... ¡es tan bueno!
–mentían, pues no se atrevían a decir la verdad.
Sin duda, solo conseguirían que se rieran de ellos.

Max disfrutaba de haber dejado de ser el canijo imbécil
y sonreía satisfecho a su hermana mayor.

–¡A estos tres les ha dado un pronto!
–bufaba Dola meneando la cabeza.

En todo caso, no siguió pensando en eso,
pues las chicas habían previsto algo especial para la tarde.
Inés les había propuesto algo que querían llevar a cabo
a toda costa. Pero a nadie le contaron
lo que se proponían.

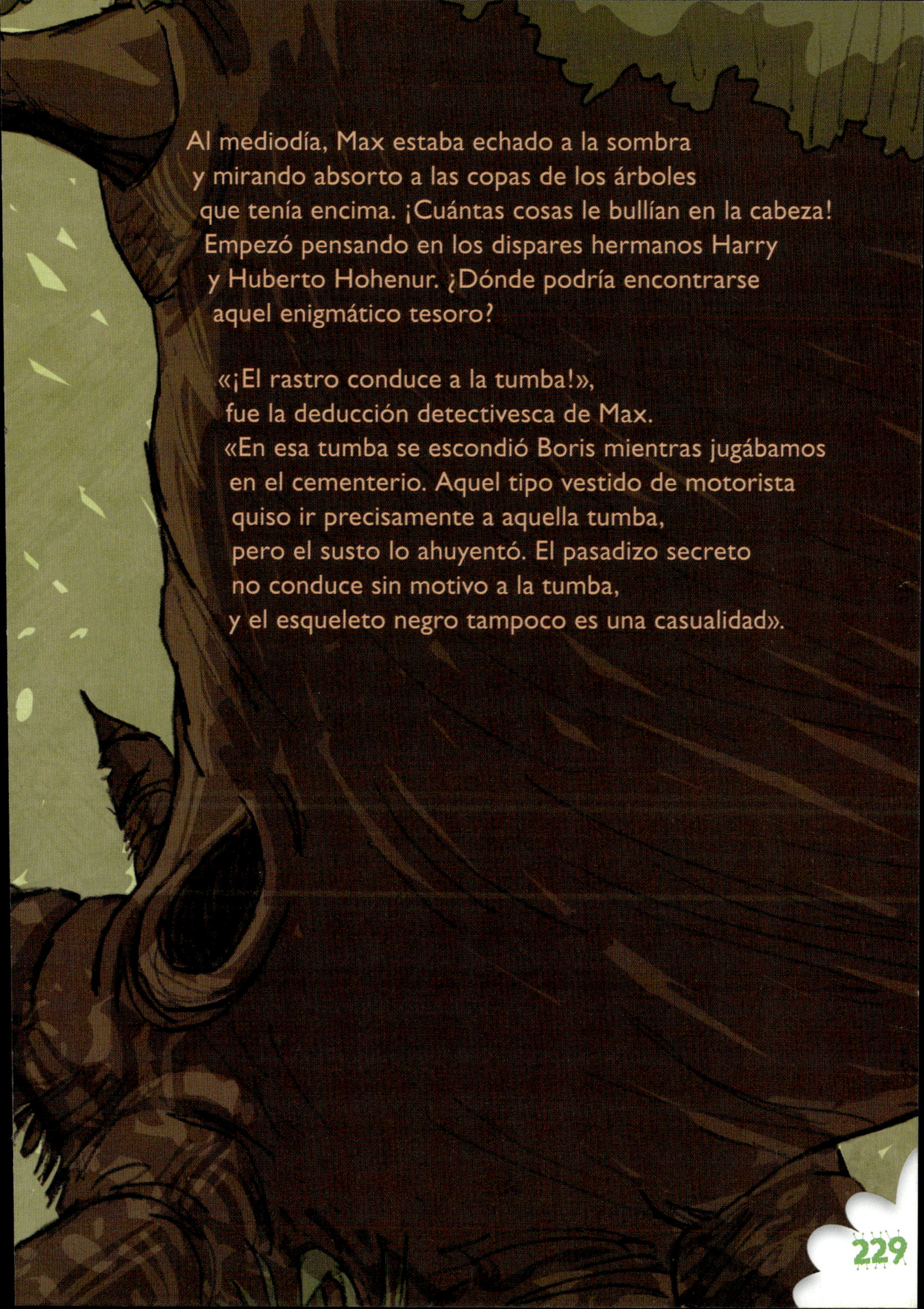

Al mediodía, Max estaba echado a la sombra y mirando absorto a las copas de los árboles que tenía encima. ¡Cuántas cosas le bullían en la cabeza! Empezó pensando en los dispares hermanos Harry y Huberto Hohenur. ¿Dónde podría encontrarse aquel enigmático tesoro?

«¡El rastro conduce a la tumba!», fue la deducción detectivesca de Max. «En esa tumba se escondió Boris mientras jugábamos en el cementerio. Aquel tipo vestido de motorista quiso ir precisamente a aquella tumba, pero el susto lo ahuyentó. El pasadizo secreto no conduce sin motivo a la tumba, y el esqueleto negro tampoco es una casualidad».

Una y otra vez le venía a la mente Lucila,
que sintió hambre al contemplar aquella osamenta.
Y eso que solo los metales, su manjar preferido,
le daban hambre.

Y, de pronto, Max pegó un salto. Había averiguado
dónde estaba el tesoro. Y también que aquello
tenía que ver con el fantasma de los aldabonazos.
Alguien había buscado por el cementerio subterráneo
golpeando con martillo y cincel.
De ahí procedían los ruidos. Pero ¿por qué habría parado?

«¡Pues claro! Porque sabía dónde estaba el tesoro.
Entonces, Harry tiene que ser el motorista,
que iba precisamente a cogerlo cuando se topó
con nosotros», discurrió Max.

«Pero, como el tesoro seguía estando allí,
Huberto podía encontrarlo primero. Entonces,
el hotel le pertenecería y además sería rico».

Max salió corriendo y se precipitó hacia la salida del campamento.

Las chicas estaban allí reunidas alrededor de Inés.

–Todas debéis poneros el casco; si no, no lo permitiré –decía Inés–. Y ni una palabra a vuestros padres, porque está prohibido. ¡Pero, de todas formas, solo iréis por el bosque y no por la carretera!

Las chicas respondieron con risitas nerviosas.

Al reparar en Max, le dirigieron miradas asesinas.

El chico se alejó gustoso, pues tenía que ir enseguida al hotel encantado. Allí habló a sus amigos de sus reflexiones.

–¿Sabéis qué creo? Que el esqueleto es en realidad de oro y solo está pintado de negro. ¡Una vez vi algo parecido en una película de detectives!

Max continuó contándoles sus pesquisas. A los monstruos les parecieron excelentes sus deducciones y se precipitaron hacia el pasadizo secreto. Max los siguió, aunque no acababa de sentirse a gusto. El grupo corrió por el pasadizo y, finalmente, llegó a la cámara donde los monstruos habían descubierto el esqueleto negro. Pero la cámara estaba vacía.

–¡Ayer... ayer estaba aquí! –aseguró Frankesteinete a Max.

Lucila husmeó el suelo con sus verdes y enormes hocicos como un perro sabueso y afirmó:

–Huelo el metal a tres kilómetros contra el viento, y sé que se han llevado lo que fuera.

Max tragó saliva.

–Harry se nos ha adelantado. Lo ha cogido por la noche, y ahora Huberto tendrá que salir pitando. ¡El muy tramposo!

Cabizbajos, los monstruos iniciaron el camino de regreso a su escondite. Max les prometió que volvería pronto y dirigió sus desencantados pasos hacia el campamento. A una pequeña distancia del hotel, detectó a Harry el Músculos y al delgado Huberto. Max se escondió con sigilo detrás de un arbusto y trató de escuchar la conversación de los dos.

–Y bien, hermanito, ¿ya has encontrado el tesoro de papá? –preguntó Harry.

Huberto no dio ninguna respuesta, sino que se limitó a preguntar:

–¿Y tú? ¿Tal vez lo has descubierto ya?

–¡No! –respondió Harry.

Max puso los ojos como platos. ¿Qué? Harry no había descubierto el esqueleto. O bien mentía o... o... Max no tenía ni idea de qué otra cosa podría ser.

–¡Pero en cuanto haya encontrado el chisme,
ya puedes ir haciendo las maletas! –amenazó Harry.

–¡Conseguiré adelantarme a ti, ya lo verás!
–le aseguró Huberto.

–¿Es que alguna vez has conseguido algo?
–rezongó Harry, y empezó a reírse.

Los dos se despidieron seca y fríamente y se separaron.
Pero Max abandonó su escondite
y se acercó apresuradamente a Harry.

–¡Hola! ¿Qué tal? –le saludó.

El rubio musculoso respondió con un somero movimiento de cabeza y se encaminó a buen paso hacia las tiendas. A Max le costaba seguirlo, pero no se dio por vencido. Había vuelto a concebir una sospecha.

–Eh, Harry... Tú... A ti te gusta Inés, ¿verdad? –preguntó.

–Sí, sí, es una buena chica –afirmó Harry con una sonrisa.

Max le puso la miel en los labios susurrándole:

–Cuando dos se quieren, sin duda también se cuentan muchas cosas, ¿verdad? ¡Y la de cosas increíbles que tendrás que contar, porque tú mismo eres un tío tan increíble...!

Harry volvió a sonreír halagado y gesticuló afirmativamente.

–Gracias, eso es lo que quería saber –exclamó Max, y dando media vuelta, regresó corriendo al hotel. Tenía que arreglar allí algo importante.

SORPRESA EN EL BOSQUE

Al atardecer se reunieron todas las chicas en un claro, alegres ante la aventura que las aguardaba. Aventura que se acercaba con un ruido atronador en forma de moto conducida por Inés. La monitora iba vestida con un traje de cuero de motorista. La chica se detuvo y se quitó el casco. Se sacudió con desenvoltura la larga melena.

–¡Bien, ya podéis montar! –les dijo.

Dola fue la primera que se atrevió a subir
a la «montura de fuego».

Poniéndose el casco, atendió a las explicaciones de Inés.

–¡Sal ya! –exclamó esta, y Dola aceleró.
La moto se encabritó como un caballo y partió.

–¡Eh, no tan deprisa! –le gritó Inés.

Dola estaba muy nerviosa. Se embaló por el camino del bosque espantando con el estruendo a los pájaros y las liebres. De pronto, apareció Max delante de ella cerrándole el paso. Dola frenó y maldijo:

–¡Apártate, canijo, y prepárate como digas algo!

Max se limitó a poner una sonrisa de disculpa y señaló detrás de Dola. Allí había aparecido Amadeo Licántropo, que saludó educadamente.

–Hola, preciosa. ¿Nunca le ha dicho nadie que no hay que montar follón en el bosque? ¡Pues en verdad debería saberlo! –y con sus poderosas zarpas, levantó a Dola del asiento y se subió él mismo a la moto. Y, dando media vuelta, partió hacia donde estaba Inés.

–Pero... –balbuceó Dola volviéndose hacia Max, pero el chico ya no seguía allí.

Amadeo Licántropo fue derecho hacia donde estaban Inés y las chicas.

–¡Alto! –exclamó la mujer levantando la mano. Pero el licántropo soltó una risa de satisfacción y extendió una zarpa–. ¡Iiiiiih! –chilló Inés mientras él la agarraba y, con un movimiento de vaivén, la sentaba detrás de él–. ¿Quién es usted? –gritó Inés–. ¡Quiero bajar!

El licántropo levantó la cabeza y dejó escapar un prolongado y estremecedor aullido.

–¡He ganado tres veces el rally del cementerio de Transilvania! –gritó hacia atrás por encima del hombro–. ¡Y si no me cuentas dónde has escondido el esqueleto de oro, ejecutaré para ti el doble salto con el que llegué a la meta la última vez que participé!

Inés se agarró a él con fuerza, temblando y lloriqueando.

–Yo... yo... solo tengo la calavera... Es lo único fabricado en oro... y... ¡y no voy a entregarla!

En ese instante, Amadeo Licántropo hizo aullar el motor y la moto brincó como una liebre.

–¡Lo... lo diré todo! La he escondido en mi tienda –confesó Inés.

En aquel momento llegaron junto al lago y Amadeo Licántropo apretó con fuerza el freno de la rueda delantera. La moto se paró en seco e Inés salió despedida desde atrás, describió un arco por encima del licántropo, y cayó derecha al agua.

–¡Gracias por la información! –gruñó el hombre lobo, que dio media vuelta y partió en dirección al campamento, donde ya lo esperaba Max. Rápidamente, cogieron la calavera de oro de la tienda de Inés y continuaron a pie hacia el hotel encantado.

Huberto Hohenur se sorprendió cuando Max le ofreció el valioso cráneo.

–¿Cómo... cómo podré agradecértelo? –balbuceaba una y otra vez.

Max sonrió ladinamente.

–No tiene por qué. Lo hice con gusto, de verdad. ¿Sabe?, yo también sé lo que es tener problemas con un hermano o... hermana mayor.

Y el chico se fue contento hacia donde estaban sus amigos monstruos y organizaron una pequeña fiesta. Finalmente habían averiguado qué pasaba con el dichoso fantasma de los aldabonazos; además, habían fastidiado a Karla Kätscher, ayudado al señor Hohenur y dado una lección a los abusones del campamento. Max y sus monstruos estaban muy contentos.

6
11
16

—¡Creo que lo que queda de vacaciones en Knatterbach será monstruosamente bonito! —comentó Max.

Sobre todo deseaba un poco de tranquilidad, pues la necesitaba. Sabía que, con sus amigos monstruos, sin duda pronto llegaría la siguiente aventura.

—¡Con mis queridos monstruos no hay aburrimiento! —dijo entre risas.

Max no imaginaba que en el contestador automático de la Cía. de Alquiler de Monstruos ya esperaba el siguiente encargo. La Misión Espantahermana los aguardaba...

Lucila

Edad
33 años.
Peculiaridades
Puede cambiar de color como un camaleón y es muy vanidosa.
Le disgusta
Los ruidos y las personas ruidosas.
Le gusta
Las llaves inglesas y los picaportes de las puertas. Son su alimento preferido.

Frankesteinete

Hermano menor del doctor Frankenstein.

Edad
Fue construido en el año 1877.
Peculiaridades
Habla con distinción y trata a todo el mundo de usted. Hace las cuentas con más rapidez que cualquier calculadora de bolsillo.
Le disgusta
Los maestros y las escuelas.
Le gusta
Los cementerios.

Boris

El primer monstruo de Frankenstein

Edad
La cabeza, 144 años; los brazos y las piernas, 143; el tronco, 142, y el cerebro, 102 (tuvieron que cambiárselo una vez).
Peculiaridades
Tiene nariz y orejas de un perro y puede encender bombillas con las manos. Pero a veces falla el contacto.
Le disgusta
El agua, por peligro de cortocircuito.
Le gusta
La corriente eléctrica.